Cari amici r
benvenuti

AVVENTURE S1
di
Geronimo Stilton

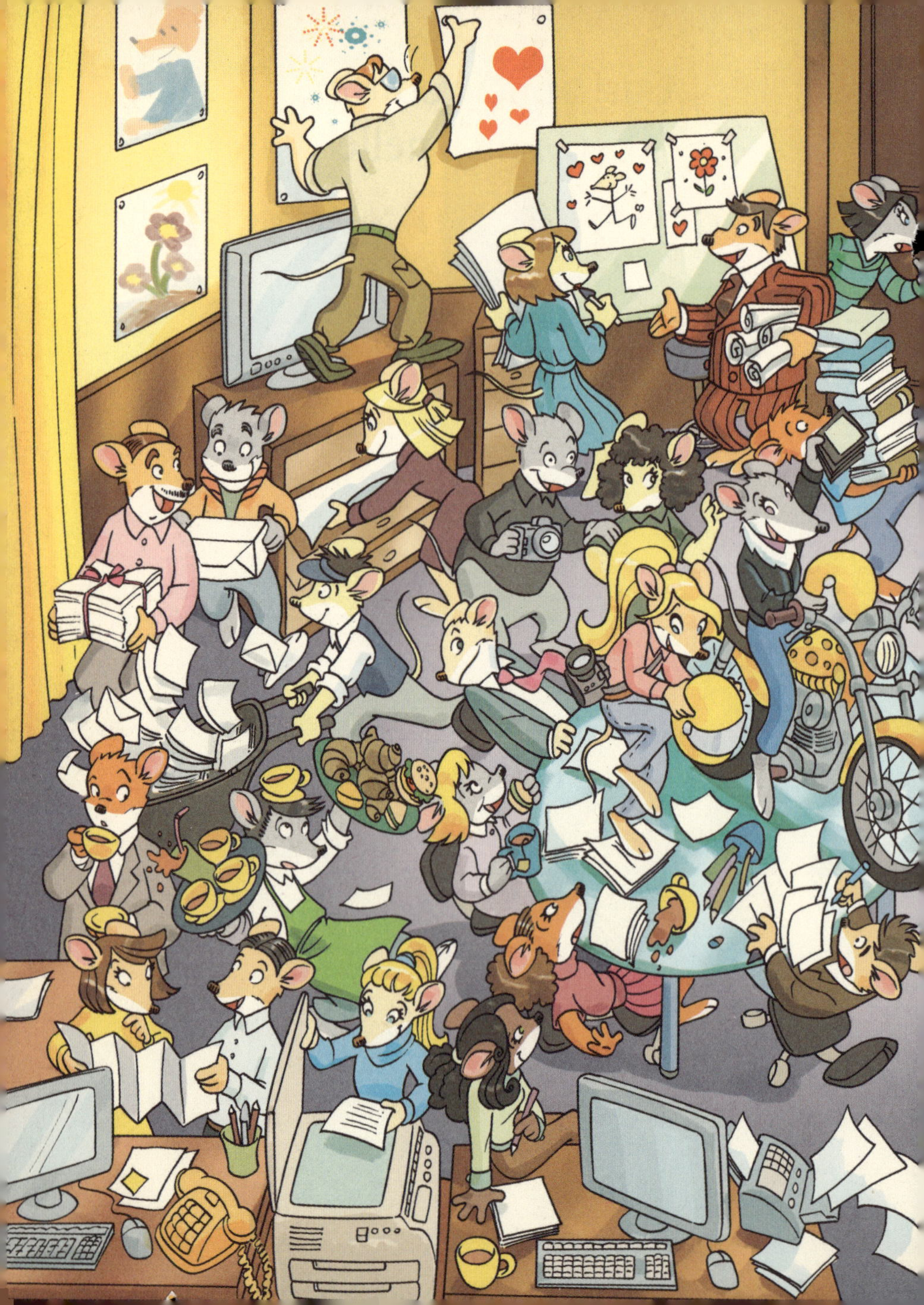

Eco del Roditore
Redazione

Geronimo Stilton

NON MI LASCIARE, TENEBROSA!

PIEMME

Testi di Geronimo Stilton.
Coordinamento testi di Isabella Salmoirago.
Coordinamento editoriale di Patrizia Puricelli.
Editing di Alessandra Rossi.
Coordinamento artistico di Roberta Bianchi.
Assistenza artistica di Lara Martinelli *e* Tommaso Valsecchi.
Copertina di Giuseppe Ferrario *(disegno e colore)*.
Illustrazioni interne di Danilo Barozzi *(disegno) e*
Giulia Zaffaroni *(colore)*.
Grafica di Yuko Egusa.
Cartine: Archivio Piemme.

Da un'idea di Elisabetta Dami.

www.geronimostilton.com

I Edizione 2009

© 2009 - EDIZIONI PIEMME S.p.A.
20145 Milano (MI)
Via Tiziano, 32 - info@edizpiemme.it

International rights © ATLANTYCA S.p.A.
Via Leopardi, 8 - 20123 Milan - Italy
www.atlantyca.com - contact: foreignrights@atlantyca.it

Stilton è il nome di un famoso formaggio prodotto in Inghilterra dalla fine del 17° secolo. Il nome Stilton è un marchio registrato. Stilton è il formaggio preferito da Geronimo Stilton. Per maggiori informazioni sul formaggio Stilton visitate il sito www.stiltoncheese.com

È assolutamente vietata la riproduzione totale o parziale di questo libro, così come l'inserimento in circuiti informatici, la trasmissione sotto qualsiasi forma e con qualunque mezzo elettronico, meccanico, attraverso fotocopie, registrazione o altri metodi, senza il permesso scritto dei titolari del copyright.

Stampa: Mondadori Printing S.p.A. - Stabilimento di Verona

Questo libro è stato stampato
su carta certificata FSC

MISTO
Carta da fonti gestite
in maniera responsabile
FSC® C018290

Vi piacciono le sorprese?

Vi piacciono le sorprese?
Sì? Davvero?
Ebbene, cari amici roditori vi annuncio che...
Questa non è una storia come tutte le altre!
È un'avventura con un finale a sorpresa.
Allora, se vi piacciono le emozioni forti...
continuate a leggere!
Ma attenti, la sorpresa
arriverà proprio nelle ultime
pagine! Non posso dirvi di
più, altrimenti capireste e
non voglio rovinarvi il finale...

BUONA LETTURA!

CHI MI CHIAMA 'CICCETTO'?

Era un cupo pomeriggio d'autunno.
Il vento **SOFFIAVA** impetuoso nelle strade, portando via dagli alberi le ultime foglie secche, facendo volare il cappello ai roditori e gli ombrelli alle roditrici. Nel cielo si rincorrevano nuvoloni grigi e di tanto in tanto i fulmini rischiaravano l'oscurità...
Rintanato nel mio ufficio, all'*Eco del Roditore*, rialzai il bavero della mia giacca, perché faceva **FREDDO**, e mi preparai una buona tazza di tè **caldo**.
Scusate, non mi sono ancora presentato: il mio nome è Stilton, *Geronimo Stilton*.

Brrr... Che freddo!

CHI MI CHIAMA 'CICCETTO'?

Dirigo l'*Eco del Roditore*, il giornale più famoso dell'Isola dei Topi!

Dunque, come vi stavo dicendo ero nel mio ufficio e stavo bevendo una TAZZA di tè caldo. Cercai qualcosa da sgranocchiare nel cassetto della scrivania...

– CIOCCOLATINI al formaggio con ripieno di crema al tartufo!

Ne mangiai uno, cercando di non pensare ai consigli della DIETOLOGA, la dottoressa Bilancina Pesogiusto, che mi aveva detto di non mangiare cioccolato. Poi ne sgranocchiai un altro, ignorando la vocina del BUON SENSO che continuava a ripetere di non esagerare mai con il cioccolato.

Ma quei cioccolatini erano davvero irresistibili!

BILANCINA PESOGIUSTO

CHI MI CHIAMA 'CICCETTO'?

Così ne scartai un terzo, evitando di pensare a che cosa avrebbe detto il mio DENTISTA, il famoso dottor Kario Karioso.
– Solo questo e poi basta... – promisi a me stesso. Affondai con gusto i denti nel **CROCCANTE** rivestimento di cioccolato, gustando la deliziosa *crema* tartufata, quando improvvisamente, proprio nel mio orecchio sinistro, una voce sibilò:
– Ti piacciono i cioccolatini, eh, ciccetto?
Io strillai spaventato:

KARIO KARIOSO

– Chi ha parlato? – Chi ha parlato?
– Chi ha parlato? – Chi ha parlato?
– Chi ha parlato? – Chi ha parlato?

CHI MI CHIAMA 'CICCETTO'?

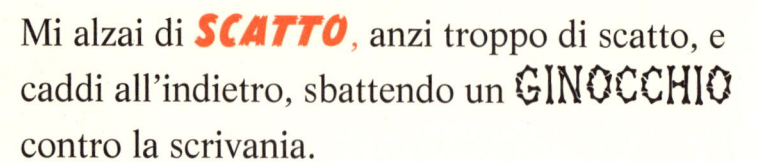

Mi alzai di **SCATTO**, anzi troppo di scatto, e caddi all'indietro, sbattendo un **GINOCCHIO** contro la scrivania.
Annaspai cercando di rimanere in *equilibrio*, ma urtai il telefono che mi cadde su un piede, così cominciai a *saltellare* sull'altro piede, ma inciampai nel tappeto...
Sbattei il muso sulla scrivania e mi **USTIONAI** il naso contro la lampada rovente.
Cacciai un **uRLo** e feci un balzo indietro, ma mi sbilanciai troppo e sbattei il sottocoda per terra.
Poi tutto diventò nero, e non vidi più nulla...
Solo allora, mentre stavo svenendo, capii che a parlare poteva essere stata solo Tenebrosa!

1 Una voce dietro di me sibilò: 'Ciccetto'... Sobbalzai spaventato!

2 Alzandomi, sbattei il ginocchio.

3 Urtai il telefono che mi cadde su un piede.

4 Inciampai nel tappeto.

5 Mi ustionai il naso con la lampada.

6 Sbattei il sottocoda per terra e vidi tutto nero!

NO CHE NON VA TUTTO BENE!

Quando rinvenni, non mi ricordavo più nulla! Vidi tutto BIANCO. Bianco era il soffitto, bianche le pareti, bianco il pavimento della stanza in cui mi trovavo. Bianche le lenzuola del letto su cui ero sdraiato, bianco il camice della dottoressa che mi FISSAVA severa, bianche le bende in cui era avvolto il mio corpo...

– Eeeeeeh? Lettooooooo? Dottoressa? Bende? Ma questo è un OSPEDALE!!! – strillai spaventato.

NO CHE NON VA TUTTO BENE!

– Che cosa ci faccio qui? Perché sono avvolto nelle **BENDE** dalla cima delle orecchie fino alla punta delle zampe? Sono... *grave*?
La prego, mi dica la **verità!**
La dottoressa non rispose, sembrava imbarazzata. Aprì la bocca, come per parlare, poi la richiuse, **incerta**.
Poi la riaprì. E la richiuse.
La ri-ri-aprì e la ri-ri-chiuse.
La ri-ri-ri-aprì e la ri-ri-ri-chiuse.
Infine la ri-ri-ri-ri-aprì, convinta, e sembrava proprio che stesse per dire qualcosa, qualcosa di **IMPORTANTE** riguardo la mia salute, quando...

Essenza
di mummia!

Prima che la dottoressa potesse pronunciare una sillaba, *qualcuno* si intromise.
Qualcuno che aveva un muso dalla pelliccetta delicata, *qualcuno* che si chinò verso di me con un'espressione *tenera* e premurosa, *qualcuno* che aveva morbide labbra dal rossetto color prugna, *qualcuno* che con quelle labbra color prugna mi sfiorò la fronte. Sentii un profumo inconfondibile di... **ESSENZA DI MUMMIA!**

Due affascinanti **OCCHI** verdi mi fissarono: era proprio lei, **TENEBROSA TENEBRAX!**

Essenza di mummia!

Tenebrosa mormorò dolcemente:
– **TRANQUILLO**, ciccetto, va tutto bene!
Io protestai: – No che non va tutto bene!
Perché sono in ospedale? ❓ ❓ ❓
Poi ricordai: la scivolata sul tappeto... la scrivania... la lampada... il sottocoda...

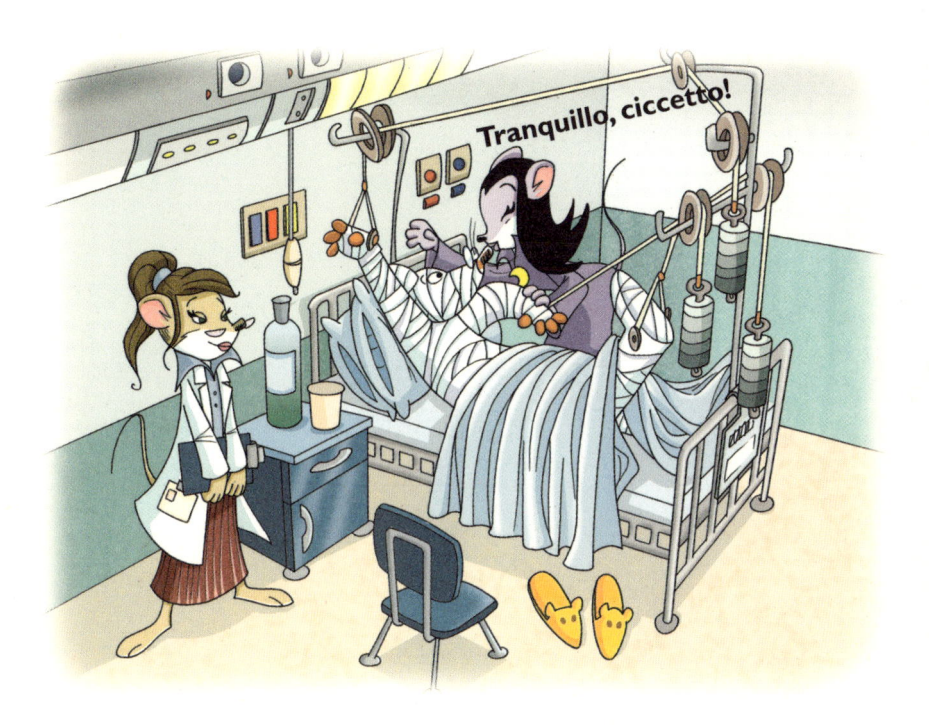

ESSENZA DI MUMMIA!

Strillai: – Ogni volta che ti incontro mi succede *qualcosa*, Tenebrosa. *Qualcosa* di spiacevole. *Qualcosa* di molto **SPIACEVOLE...**
– Ma ciccetto, non dire così, non dare sempre la colpa a me, lo sai che sono una roditrice sensibile, e poi ci **SOFFRO!** Io volevo soltanto farti una bella *sorpresa*...
Una bella **SORPRESA?**
Le sorprese di Tenebrosa sono sempre dei veri e propri **INCUBI!**
– Grazie per la *sorpresa*, Tenebrosa, ma la prossima volta preferirei non finire in ospedale! Non mi sembra di avere delle pretese assurde, no? Mi basta non ritrovarmi **INGESSATO** dalla punta delle orecchie alla

Essenza di mummia!

punta della coda ogni volta che ci vediamo! Eppure Tenebrosa sbuffò, imbronciata: – Sei proprio un **INGRATO!** E io che sono rimasta qui a vegliarti tutta la notte...
– È vero, dottor Stilton, lei è proprio un **INGRATO!** – le fece eco la dottoressa.
– Pensavo che essendo uno scrittore fosse un tipo sensibile, e invece...
– Ma io *veramente*...
– Lei, *veramente*, dovrebbe scusarsi! La signorina Tenebrosa è rimasta tutta la notte accanto al suo letto, in **LACRIME...**
– E io che cosa dovrei dire? Un attimo prima stavo mangiando cioccolatini e quando riapro gli occhi mi ritrovo in ospedale...

– LE FACCIA SUBITO LE SUE SCUSE, DOTTOR STILTON! –

ESSENZA DI MUMMIA!

mi rimproverò la dottoressa. – Non si è accorto che la signorina Tenebrosa le vuole bene?
E con una strizzatina d'occhio soggiunse:
– Perché voi due non vi **SPOSATE?**
Tenebrosa mi stampò un bacetto sui baffi:
– È vero, ciccetto, perché non ci sposiamo?
Lo dice anche la dottoressa!

Io sospirai.

So che Tenebrosa mi vuole bene.
Anch'io le voglio bene.

E so anche che Tenebrosa ha una gran voglia di sposarsi per mettere su C A S A, avere una sua famiglia con tanti TOPOLINI, eccetera eccetera...

ESSENZA DI MUMMIA!

Ma perché dovrei sposarla proprio io?

Non sono sicuro che sia davvero lei la roditrice della mia vita...

La conoscete la nostra storia? Nooooo? Allora ve la riassumo.

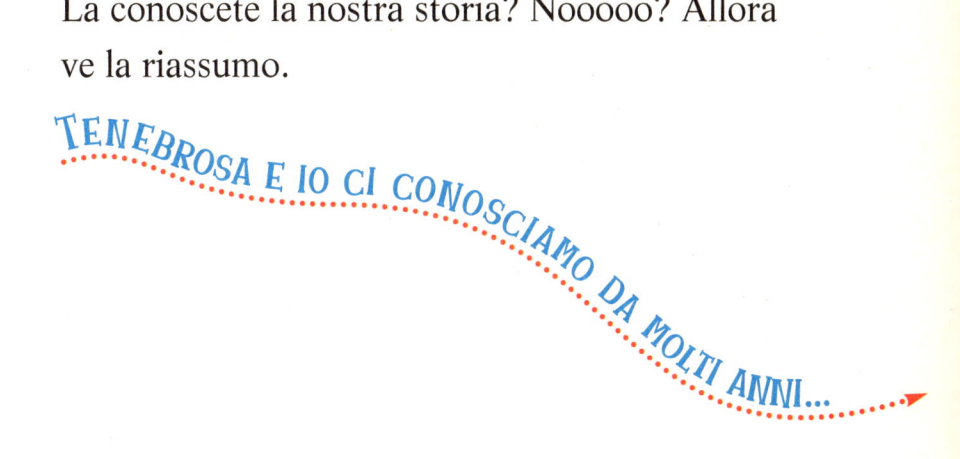

TENEBROSA E IO CI CONOSCIAMO DA MOLTI ANNI...

TUTTO INIZIÒ COSÌ, PROPRIO COSÌ...

La prima volta che vidi Tenebrosa mi trascinò in una tomba! Veramente non era proprio una tomba ma la sua camera, ricavata in una lugubre cripta. Lei è una famosa regista di film da brivido e io stavo cercando materiale per un libro su Halloween...

Fu allora che lei decise che io ero il suo tipo, cominciò a dire a tutti che io ero il suo fidanzato e iniziò a chiamarmi 'ciccetto'! Mi costrinse persino a ballare il romantico valzer del pipistrello!

Da allora Tenebrosa mi tormenta: mi telefona sempre prima di andare a dormire... cioè all'alba! Ebbene sì, lei e tutta la sua famiglia vanno a letto all'alba e si svegliano al tramonto!

Quando sono con lei mi capitano sempre cose spaventose... Come quella volta che mi ha trascinato a Castelteschio sul suo carro funebre decappottabile!
Che posto da brivido!

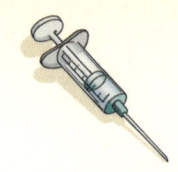

La famiglia Tenebrax ha bisogno di aiuto!

Mentre ripensavo a quando avevo conosciuto Tenebrosa, lei mi **STRILLÒ** nelle orecchie:
– Lo sai perché sono venuta a cercarti, ciccetto? Devo dirti una cosa **importante**...

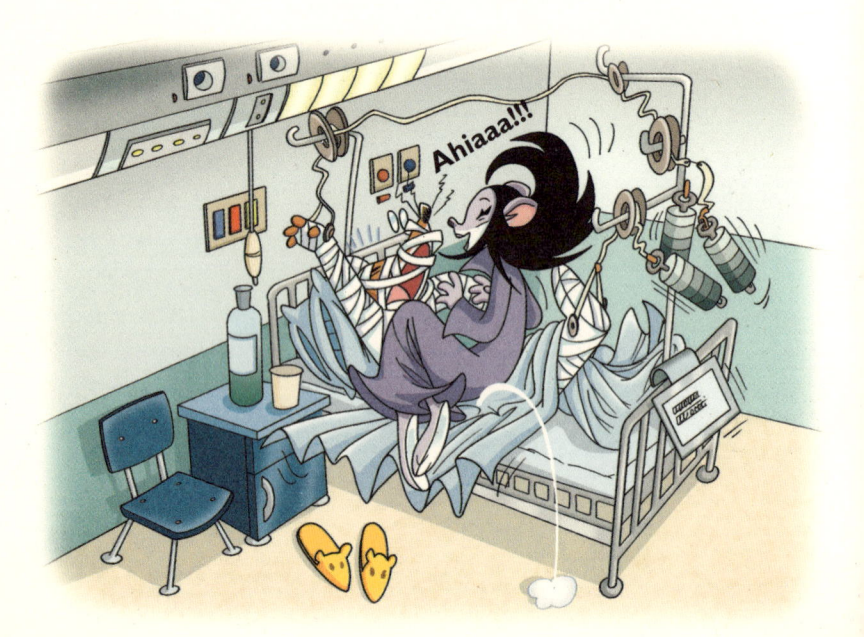

Saltò sul letto e mi urtò la gamba fasciata, strappandomi un urlo di dolore: – **AHIAAAAA!** Attenta alla mia gamba!

Lei sbuffò: – Ma come sei *delicatino!* Comunque, ecco la cosa importante che dovevo dirti...

Abbassò la voce: – Ciccetto, devi venire con me a **CASTELTESCHIO!** La mia famiglia ha bisogno di aiuto! Qualcuno vuole **DISTRUGGERE** il nostro castello e tutte le *rarissime e meravigliose* piante del nostro parco. Sono tutte **PIANTE** in via di estinzione che vanno assolutamente **PROTETTE**!

Io mi lisciai i baffi che erano rimasti strinati dalla lampada, quando ero caduto in ufficio:
– Capisco, Tenebrosa, ma io sono un roditore molto **IMPEGNATO**: la redazione, il giornale, la mia famiglia... e poi non mi sento neanche tanto bene, ecco!
A quel punto la dottoressa mi interruppe decisa: – Oh, con questa si rimetterà in sesto, vedrà, guarirà subito!

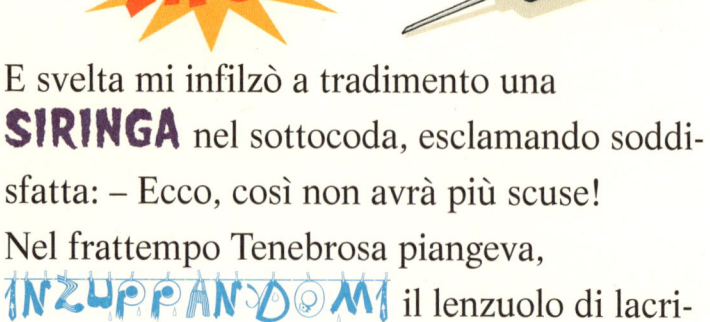

ZAC!

E svelta mi infilzò a tradimento una **SIRINGA** nel sottocoda, esclamando soddisfatta: – Ecco, così non avrà più scuse!
Nel frattempo Tenebrosa piangeva, **INZUPPANDOMI** il lenzuolo di lacrime: – Ma io ho bisogno di te, ciccetto, come

LA FAMIGLIA   TENEBRAX...

puoi dirmi di no? Sei l'unico che possa aiutare me e la mia famiglia... Contiamo tutti su di te! Io **SOSPIRAI**. Tenebrosa sapeva come convincermi: io non so dire di no agli amici... e poi è vero, ci tengo alla famiglia Tenebrax, sono sempre stati **gentili** con me (*a parte il fatto che tentano sempre di farmi sposare Tenebrosa*). E poi, la **NATURA** è importante, e se c'erano specie rare da salvare non mi sarei tirato indietro!

Tramonto a Castelteschio

Là là là!

Il giorno dopo mi preparai con cura per fare BELLA FIGURA con la famiglia Tenebrax. Io sono un tipo, *anzi un topo*, molto EDUCATO e ci tengo al mio aspetto.

Così mi feci la DOCCIA, mi *profumai* con qualche goccia di essenza di gorgonzola... la mia preferita! Poi mi vestii con cura e mi pettinai ben bene!

Che profumo!!!

TRAMONTO A CASTELTESCHIO

Una volta pronto, partii con Tenebrosa sulla sua **TURBO LAPID 3000**, verso la Valle Misteriosa, dove si trova Castelteschio.
Man mano che il viaggio procedeva, il paesaggio cominciò a cambiare.
Il terreno divenne arido e BRULLO, la vegetazione iniziò a scarseggiare e gli alberi sparirono, lasciando il posto a cespugli SPINOSI.
Intanto, il clima cambiava, come sempre quando si entra nella Valle Misteriosa...
Il cielo si riempì di nuvoloni scuri che promettevano pioggia e un FULMINE cadde proprio vicino a noi.

La sua luce fiammeggiante illuminò all'orizzonte il castello della famiglia Tenebrax! Tenebrosa, come sempre, pigiava forte sull'**ACCELERATORE**.
Io cercai di dirle di andare più piano, ma lei non mi ascoltava e continuava a chiacchierare...
Così chiusi gli occhi, pensando: – Speriamo che **Rallenti**, speriamo di non fare un'**INCIDENTE**, speriamo che questa macchina sia sicura e abbia fatto il TAGLIANDO da poco...
Ero terrorizzato ma Tenebrosa, come se niente fosse, continuava a parlare e a pigiare sull'**ACCELERATORE!**
– Ciccetto, come sei stato gentile ad accompagnarmi: la mia famiglia sarà molto contenta di vederti!

CASTEL TESCHIO

TRAMONTO A CASTELTESCHIO

E intanto pigiava sull'acceleratore...
E continuava a chiacchierare: – Ciccetto, è per questo che ti voglio bene: sei un topo su cui si può contare, sempre e comunque...

sei un vero tesoro!

E intanto pigiava sull'acceleratore...
E continuava a parlare, con aria sognante: – Ciccetto, la mia famiglia ti vuole bene, vedrai che bella festa ti hanno preparato!
E intanto pigiava sull'acceleratore...
E continuava a chiacchierare ma io non ne potevo più...

TRAMONTO A CASTELTESCHIO

Perché Tenebrosa continuava a parlare e a pigiare sull'acceleratore?
Alla fine strillai, esasperato: – **BASTAAAAA!**
A quel punto si udì un rumore di freni, l'auto che rallentava, il motore che scendeva di giri e infine si **SPEGNEVA**.
Per mille mozzarelle, eravamo fermi!
Pensai: 'Che carina, si è fermata per me!'.
Ma Tenebrosa, senza troppi complimenti, disse: – Ciccetto non c'è bisogno che **GRIDI**, siamo arrivati!
Solo allora aprii gli occhi. Davanti a me c'era un castello. Il **CASTELLO** dei Tenebrax!

CASTELTESCHIO
— Il castello dei Tenebrax —

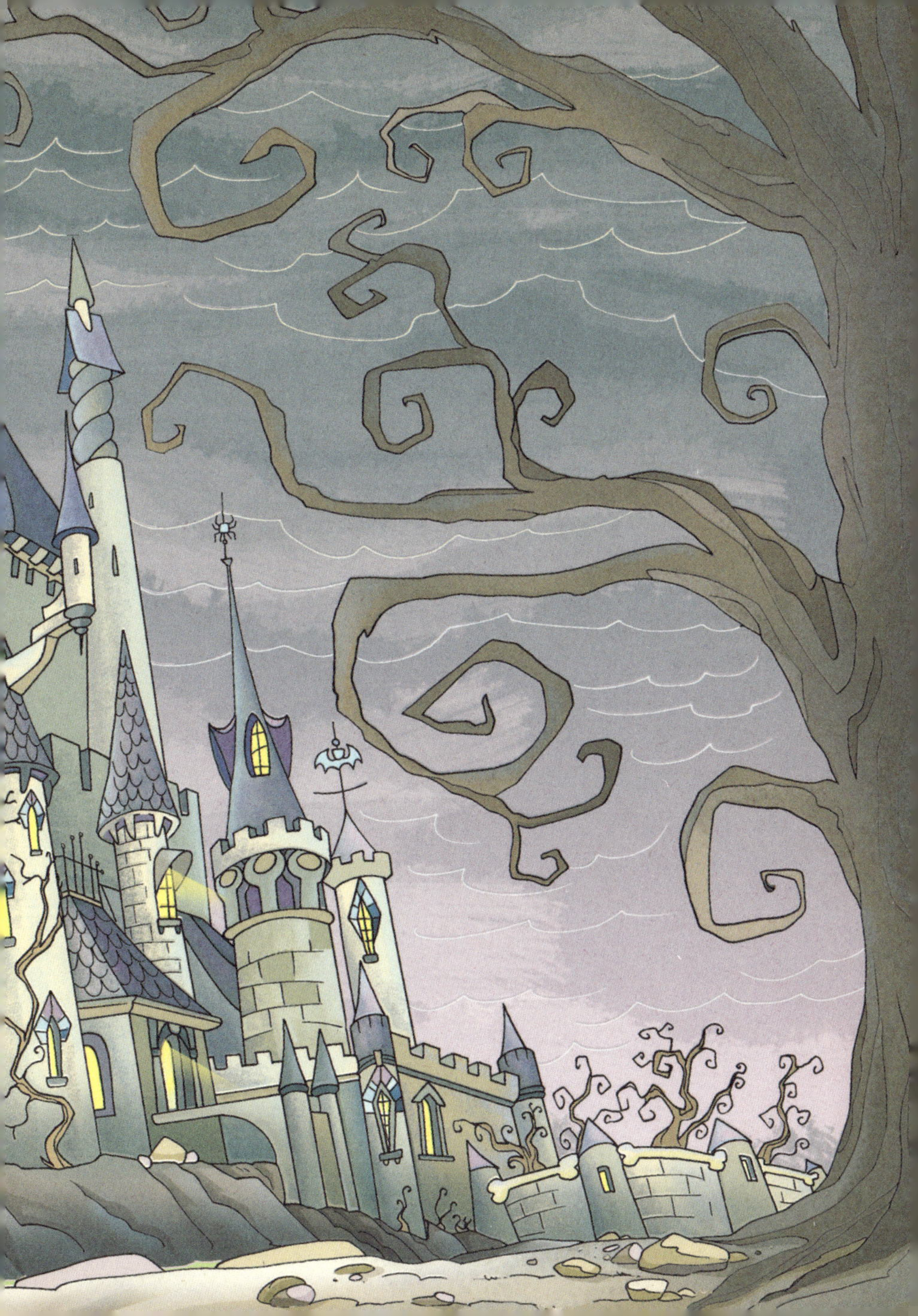

Fiori puzzolenti, spine velenose e insettacci voraci

Quando giungemmo davanti al parco che circondava il castello dei Tenebrax, Tenebrosa si avviò lungo un sentiero FANGOSO invitandomi a seguirla.

Ma io non ne avevo voglia: non volevo sporcare di fango i miei pantaloni.

Lei insistette: – Dai, ciccetto, un po' d'aria di CAMPAGNA ti farà bene! Sei sempre chiuso in ufficio... Senti che profumo di fiori!

Io, per la verità, il profumo di fiori non lo sentivo, anzi c'era uno strano ODORINO...

Ma capii subito da dove veniva: avevo pestato un ricordino di qualche ANIMALETTO!

Fiori puzzolenti, spine velenose...

Tenebrosa cominciò a indicarmi con entusiasmo qua e là delle piante sconosciute:
– Quel fiore è un RARISSIMO esemplare di *Spinottero Appunctito*, vedi quante **spine?** Quello invece è un cespuglio di *Puzzolentia Tanfosica*, senti quanto **PUZZA?** E quella pianta là, sul bordo della strada, è una *Mysteriosa Fogliuta*: nessuno sa esattamente a che specie appartenga, neppure gli SCIENZIATI...

Bleah!

Che bello!

Aiuto!

Carissima!
HORRORIFICA
DENTIBULATA
PUZZOLENTIA
TANFOSICA

FIORI PUZZOLENTI, SPINE VELENOSE...

Ero tutto concentrato a memorizzare quegli *strani nomi* che non mi accorsi che...

... Non mi accorsi che dietro di me una pianta **CARNIVORA** stava per addentarmi!

– ATTENTO! – udii gridare.

Senza nemmeno riflettere feci un balzo indietro, e meno male! Altrimenti la pianta carnivora mi avrebbe **MOZZATO** il naso! Invece riuscì solo ad addentare la mia cravatta. Tra le sue fauci ne rimase un pezzo e lei lo rosicchiò soddisfatta.

FIORI PUZZOLENTI, SPINE VELENOSE...

Tenebrosa la accarezzò con tenerezza.
– Questa è la mia *preferita*: una pianta carnivora rarissima, si chiama *Sderenasorcia Mazzalussans*... Guarda, ha DENTI affilati come coltelli!
– Ho visto, mi ha MANGIATO la cravatta! Non potresti limarle un po' i dentini? Come faccio adesso a presentarmi senza la mia cravatta...
– Ma va, ciccetto, i denti AFFILATI della *Sderenasorcia* sono il suo bello! Di piante tu proprio non te ne intendi!
In effetti io di PIANTE non me ne intendo. Ma quelle del parco non erano piante *normali*!

Fiori puzzolenti, spine velenose...

C'erano arbusti che per proteggersi **LANCIAVANO** spine, rampicanti che **schizzavano** liquido puzzolente, pianticelle che spruzzavano nuvole gialle di veleno, cespugli spinosi impregnati di sostanze **IRRITANTI**, alberelli con tentacoli capaci di strangolare un gigante, piante ricoperte di una bava **APPICCICOSA** che imprigionavano chi passava vicino!
Dovevo stare attentissimo a dove mettevo le zampe, la coda, il naso e perfino i baffi!
Ma proprio laggiù dovevamo **ANDARE?**
Non si poteva fare una bella passeggiata in un prato di margherite?

FIORI PUZZOLENTI, SPINE VELENOSE...

Per di più, in mezzo a tutte quelle piante *bizzarre* e *pericolose* vivevano animali ancora più *bizzarri* e *pericolosi*: serpenti gialli dal morso *velenoso,* ragni blu con denti appuntiti e *velenosi,* millepiedi dalle zampe rosa anch'essi *velenosi,* vermi di ogni dimensione e colore, ma tutti *velenosi,* e nell'aria svolazzavano ORRIBILI insetti di ogni genere... ovviamente *velenosi*!
Fu una passeggiata tremenda, e io ero stupito e anche DELUSO.
Pensavo: 'Ma come? Sono queste le piante e gli animali che dovremmo salvare dall'estinzione? Io credevo di dover **salvare** fiori

FIORI PUZZOLENTI, SPINE VELENOSE...

profumati, alberi lussureggianti e animaletti carini... Qui invece ci sono solo melma e puzza! Questo è un paesaggio da **INCUBO!**'.
Però visto che sono un tipo, *anzi un topo* **educato**, per non offendere Tenebrosa non dicevo niente e ascoltavo le sue spiegazioni.
Lei *parlava, parlava, parlava...*
Intanto pensavo alla mia giacca che si era tutta infangata, alla mia cravatta mangiucchiata e ai miei pantaloni che si stavano sporcando sempre di più...
Proprio allora sentii uno strano **RUMORE**,
– Hai sentito Tenebrosa? Sembrano **OSSA** che sbattono fra loro. Anzi no, sembra più un rumore di **DENTI**, come un apri e chiudi di mascelle. Sembrano mascelle di squalo, no anzi mascelle di...
... di **COCCODRILLO!**

FIORI PUZZOLENTI, SPINE VELENOSE...

Balzai di lato appena un attimo prima che una doppia fila di denti affilatissimi si richiudesse sulla mia coda. Poi iniziai a **SCAPPARE** più in fretta che potevo!
Il coccodrillo saltò fuori dal fossato che circondava Castelteschio e pareva deciso a divorarmi,

FIORI PUZZOLENTI, SPINE VELENOSE...

ma per fortuna rinunciò all'inseguimento...
Non appena fui al sicuro, strillai:

– **BASTAAA!**

Se vuoi **DIFENDERE** queste rarissime specie di piante e tutti questi terribili animali **VELENOSI** e **pericolosi**... dovrai farlo da sola. Io me ne torno immediatamente a Topazia!
Lei scosse la testa: – Ciccetto, non hai proprio capito **NIENTE!** Non importa se un fiore sia profumato o puzzi, se un animale sia simpatico o no: ogni specie ha diritto a essere **rispettata.** Proprio il fatto che ci siano tante specie diverse rende la natura tanto ricca, la **diversità** è un tesoro da proteggere!

46

FIORI PUZZOLENTI, SPINE VELENOSE...

Io ci pensai un attimo, poi mi scusai: – Hai ragione, Tenebrosa.
Lei mi indicò tante altre specie strane e rare, quasi tutte in via di estinzione, descrivendomene abitudini e caratteristiche e io poco a poco mi APPASSIONAI a quella vegetazione esotica, unica, diversa da ogni altra.
Presi molti appunti, e scattai molte FOTOGRAFIE...

Lo strano castello della strana famiglia Tenebrax

Mi ero così concentrato a fare tutte quelle foto che mi ero **DIMENTICATO** di essere a Castelteschio. Il solo pensiero di visitare ancora una volta quello strano edificio, mi fece frullare i baffi dalla **PAURA!**
In quel castello ci sono un'infinità di
STANZE, stanzine, stanzette, stanzucce, stanzone, stanzacce... che si aprono su lunghi corridoi, corridoietti, corridoiacci bui come la **BOCCA** di un gatto!
Una specie di **labirinto**, insomma, dove perdersi è più facile che mangiare un bocconcino di formaggio!

LO STRANO CASTELLO...

Anche se era passato un po' di tempo, ricordavo ancora bene la mia prima visita a Castelteschio! E sapete perché? Perché...

1. In giardino c'è una vasca in cui vivono centinaia di PIRÀNHA, pronti a spolpare gli intrusi!

2. Nella serra vivono feroci FRAGOLINE CARNIVORE!

BAU! BAU! BAU!

3. Le finestre cantano, le imposte sbatacchiano e i materassi fanno il solletico alla coda!

4. Il GABINETTO tenta sempre di risucchiare gli ospiti!

5. Il tappeto della stanza degli ospiti si diverte a **imprigionare** la gente!

6. Nella chioma della governante, Madam Latomb, vive il suo **Feroce Canarino Mannaro!**

7. Nel fossato vive la **COSA** e non bisogna passarle troppo vicino quando ha **fame**... ma la Cosa ha sempre fame!

8. C'è una piscina con degli **SQUALI** affamati in agguato sul fondo!

CICCETTO, LA FAMIGLIA TI ASPETTA!

Tenebrosa mi prese sottobraccio, dicendo:
– Vieni ciccetto, la mia **FAMIGLIA** ci aspetta!
Mi trascinò sul ponte levatoio e bussò al portone del castello.
TOC, TOC, TOC!
Immediatamente Languorina, la pianta carnivora da guardia, sollevò i petali, **INSOSPETTITA**.
Ma Tenebrosa le fece una *carezza* e la calmò.
Intanto alle finestre si erano affacciati molti musi che ben conoscevo, e sentimmo molte voci familiari gridare: – **Eccoli sono arrivati!**

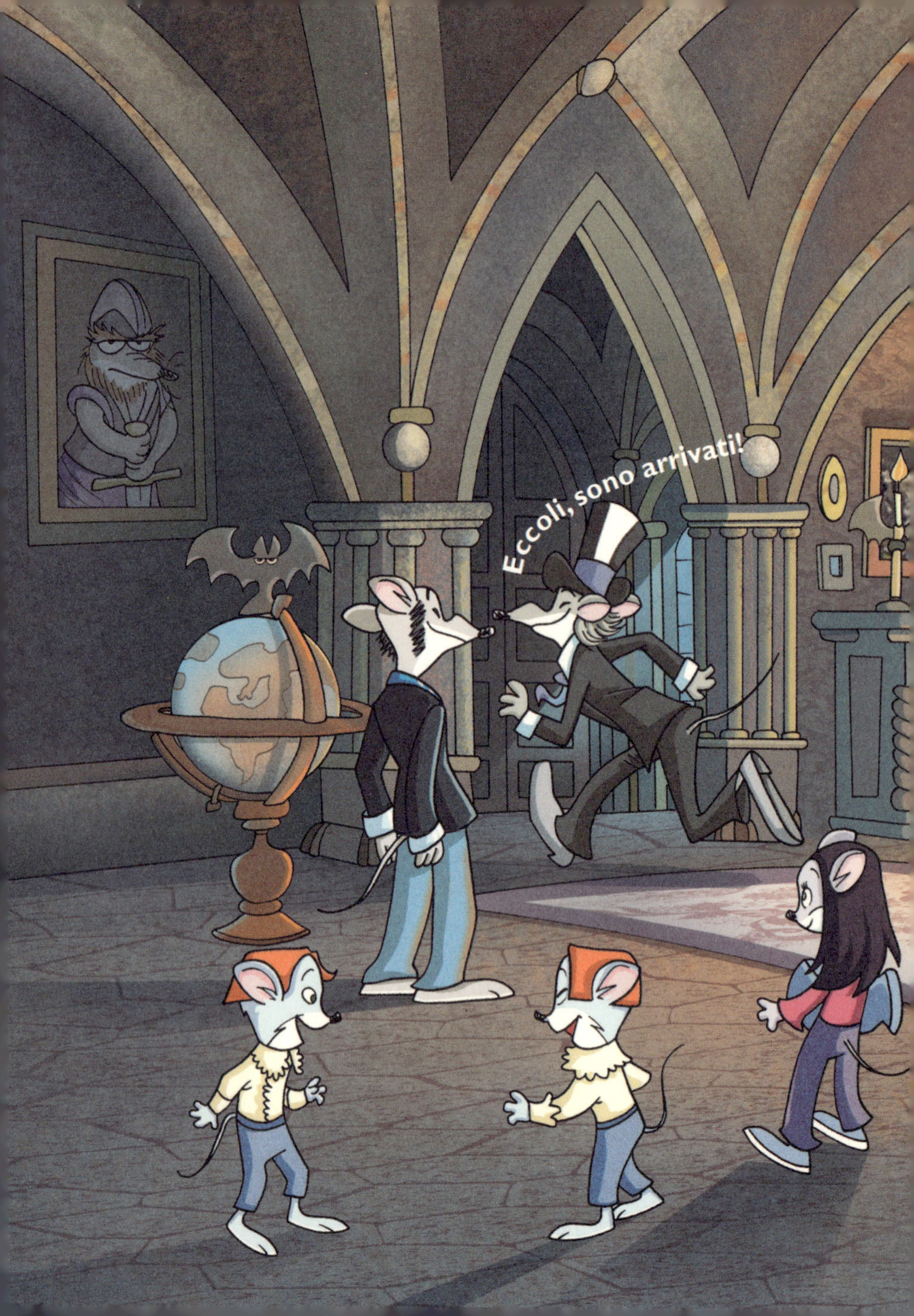
Eccoli, sono arrivati!

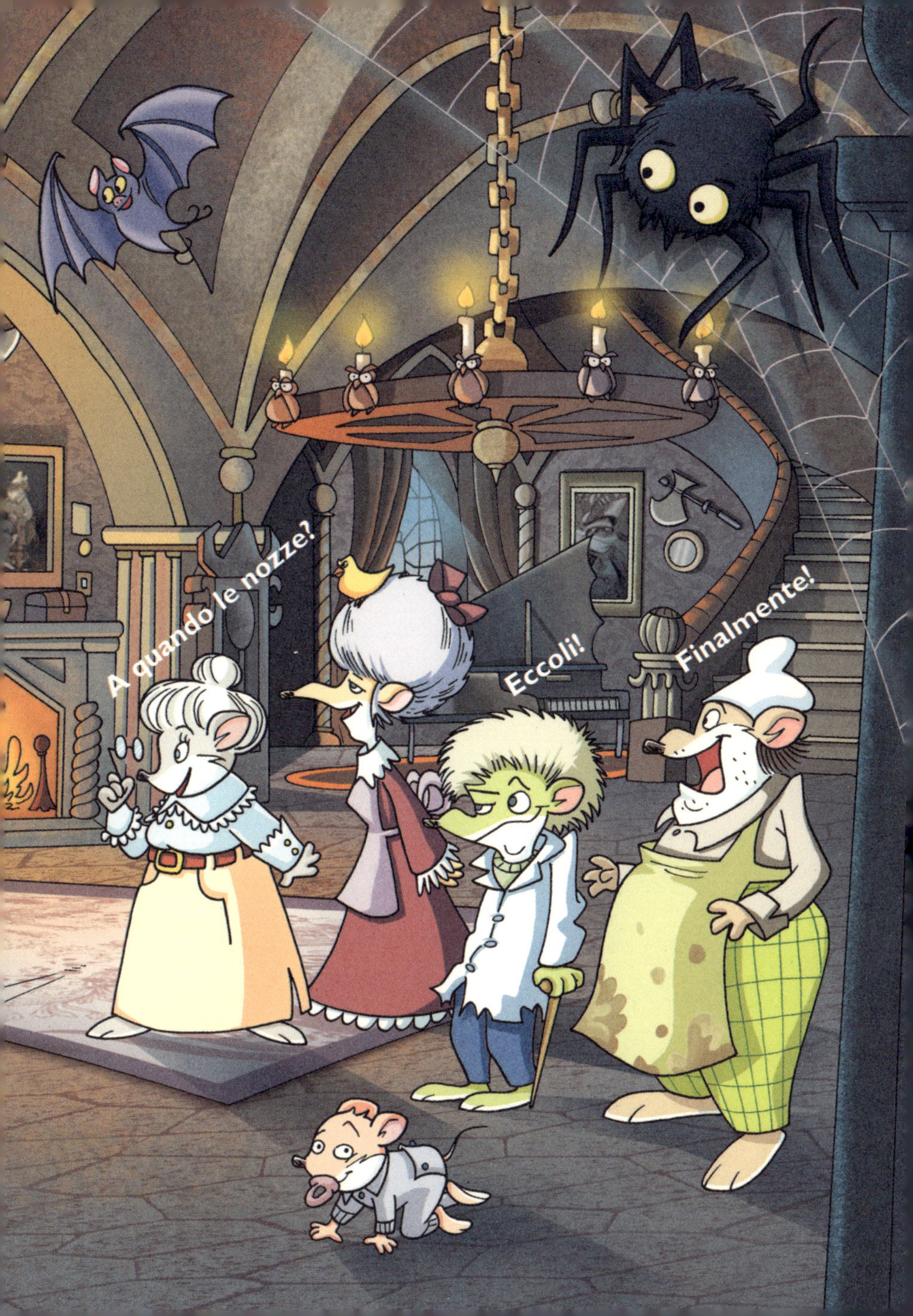
A quando le nozze?
Eccoli!
Finalmente!

Per la verità gridavano anche: – Bravi che vi siete *fidanzati!* A quando le nozze?

Ma io feci finta di nulla: non voglio sposare Tenebrosa!

Mi aggiustai il colletto della camicia, mi sistemai il bavero della giacca come meglio potevo e sfoderai un SORRISO di circostanza: ero molto imbarazzato di presentarmi alla famiglia Tenebrax con la cravatta **MORSICATA!**

Il portone chiodato si spalancò cigolando.

Ne uscì un tipo, *anzi un topo*, secco secco, tutto vestito di nero con un cappello a cilindro in testa e folte basette candide.

Lo riconobbi subito, era **SOTTERRASORCI** Tenebrax, il padre di Tenebrosa!

Lui abbracciò sua figlia, poi mi salutò, strizzandomi l'occhio: – *Chi non muore... si rivede!*

Poi aggiunse COMMOSSO: – Grazie per essere venuto, Geronimo! I veri amici si vedono nel momento del BISOGNO e adesso... c'è proprio BISOGNO!

Sotterrasorci!

Chi non muore... si rivede!

CICCETTO, LA FAMIGLIA...

Sotterrasorci si soffiò forte il naso in un fazzolettone nero con RICAMATI degli ossicini.

Poi proseguì: – C'è bisogno di tutti per difendere l'antico castello di Castelteschio e salvaguardare le tenere pianticelle della Valle Misteriosa, per non parlare degli indifesi ANIMALETTI che popolano il nostro parco!

Tenere pianticelle? Indifesi animaletti?

Ricordavo bene la vorace pianta carnivora che si era MANGIATA la mia cravatta e il feroce coccodrillo che aveva tentato di TRANCIARMI la coda!

Così borbottai: – Veramente io, ehm, farò del mio meglio...

In un attimo arrivarono ad accoglierci anche

tutti gli altri membri della famiglia Tenebrax. Ero commosso dall'AFFETTO che dimostravano nel salutarmi. Per la verità, il Canarino Mannaro tentò di staccarmi il naso con un morso... ma questa volta me l'aspettavo e schivai l'ATTACCO!!!

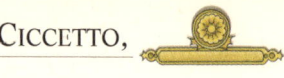

KAFKA, lo scarafaggio domestico, tentò di fare la PIPÌ sui miei pantaloni, ma anche questo me l'**ASPETTAVO**, e mi spostai appena un attimo prima che cominciasse.

E **LANGUORINA**, la pianta carnivora da guardia, tentò di staccarmi un Ⓑ Ⓞ Ⓣ Ⓣ Ⓞ Ⓝ Ⓔ della giacca. Me l'aveva già fatto alla mia ultima visita a Castelteschio e me lo **ASPETTAVO**, ma ci riuscì lo stesso!

Anche lo scherzo dei gemelli **SGNIC** e **SGNAC** me l'**ASPETTAVO**: mi avevano spruzzato nel fazzoletto una polvere per starnutire,

a base di peperoncino. Se non me
ne fossi accorto avrei starnutito per
ore e ore! Purtroppo non mi accorsi che mi
avevano INFILATO
DOLORES, la tarantola gigante
di nonna Crypta, sotto la fodera
della valigia! Lo scoprii solo
molte, molte, molte ore dopo!
A parte questo mi sentii proprio come se fossi
tornato a CASA...

Lo stufato...
mi ha stufato!

A un certo punto la porta della cucina si spalancò.
Improvvisamente mi investì una zaffata di un ODORE TREMENDO...
Riconobbi subito quel puzzo: era l'odore dello stufato... del SIGNOR GIUSEPPE!
Ahimè, ne conoscevo bene la ricetta (anche se avrei preferito non saperla!)
Il signor Giuseppe, il cuoco, comparve sulla porta, pulendosi le mani LURIDE nel grembiulone tutto impataccato. Mi sorrise accogliente, e sembrava davvero CONTENTO di vedermi.
– Quanto tempo è passato, signor Geronimo!

Pensavo sarebbe tornato più spesso, visto quanto le era piaciuto il mio STUFATO... ne vuole assaggiare un pochino?
Io strillai subito:
– No, grazie, non ho appetito, ho già cenato e comunque sono a DIETA!

> **RICETTA DELLO STUFATO DEL SIG. GIUSEPPE**
>
> Fegato di lombrico di fogna, ciccia di sanguisuga di palude, pinze di scorpione nero, pungiglioni di vespa gigante, cosce di pipistrello, nidi di rondine, pinne di pescecane, farina di termiti rosse, filetti di piranha, unghie di iguana, uova di calabrone, milza di mamba nero, veleno di vipera.

– Ha paura di inGRaSSaRe? Ma guardi che lo stufato è leggero, faccio una cucina SANA, io! Anzi, pensi che sto sperimentando una nuova ricetta... Ne assaggi almeno una mestolata! O preferisce aspettare l'ora di CENA?
– No, grazie, ho avuto la gastrite e il dottore

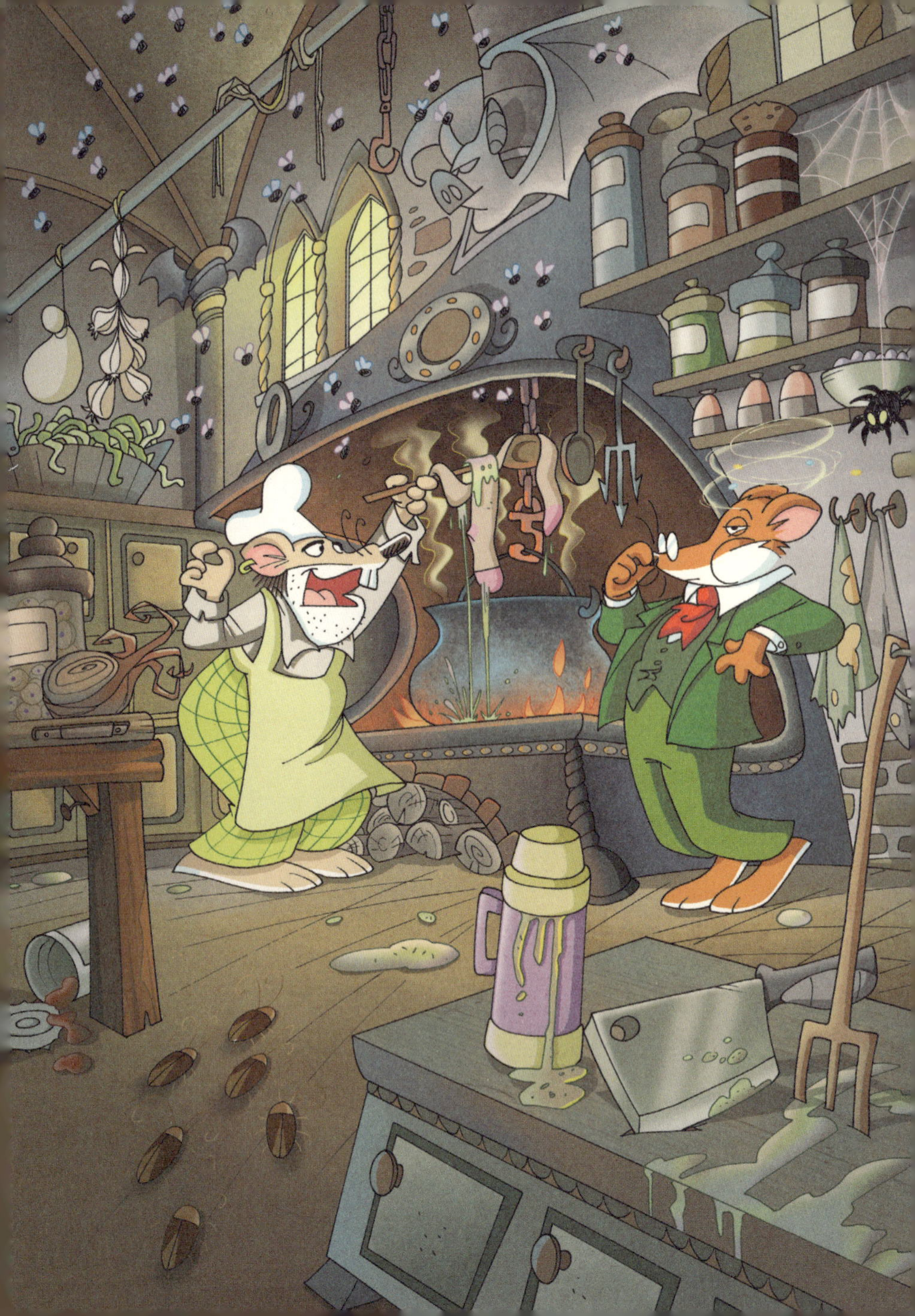

LO STUFATO MI HA STUFATO!

mi ha detto che devo mangiare in
BIANCO...
Il signor Giuseppe era DELUSO:
– Davvero non ne vuole? Neanche un pochettino? Vabbè, gliene metto un po' in un THERMOS, così rimane bello caldo, e se più tardi vuole fare uno spuntino...
Poi iniziò a spiegarmi tutto contento perché quel giorno lo stufato era più gustoso del solito: – Oggi ci ho messo dentro a bollire i CALZINI di mio cugino: non si lavava i piedi da Natale! E anche tre bei FUNGHI che ho trovato in cantina (chissà se sono velenosi o no? Ah, beh, lo scopriremo presto).
Accettai il thermos di stufato con un

SOSPIRO (sapevo che voleva essere un pensiero gentile) e mi rivolsi a Tenebrosa:
– E ora, spiegami bene che cosa succede nella **VALLE MISTERIOSA**.

CHI VUOLE DISTRUGGERE LA NATURA?
CHI MINACCIA IL VOSTRO CASTELLO?

– Fra poco lo saprai, ciccetto, te lo spiegheremo durante la riunione di famiglia...

Il misterioso contratto di Vyperia Vyperis

La riunione di famiglia dei Tenebrax si teneva nella biblioteca del castello, una larga sala di pietra dai soffitti a volta.
Non c'erano lampadari: la stanza era illuminata solo da alcune **TORCE** agganciate alle pareti.
Tutto intorno si vedevano solo libri, libri e ancora libri...
Gli spifferi facevano ondeggiare la luce tremolante della fiamma, disegnando sul pavimento delle **OMBRE** inquietanti.
Al centro della stanza c'era un grande tavolo

IL MISTERIOSO CONTRATTO...

che in un primo momento poteva sembrare rotondo, ma che a guardarlo bene aveva la forma di... un **TESCHIO**!
I Tenebrax mi aspettavano in SILENZIO, tutti seduti intorno al tavolo, anzi, al teschio. Nonna Crypta accarezzava la sua **TARANTOLA** Dolores; nonno Frànchenstain trafficava sotto il tavolo con provette e alambicchi; Madam

Il misterioso contratto...

Latomb *coccolava* il suo Feroce Canarino Mannaro ben annidato nell'acconciatura; Sgnic e Sgnac si scambiavano **OCCHIATE** d'intesa; Bebè **DORMIVA** tranquillo in un angolino, adagiato nella sua culla di mogano, foderata di seta. E di tanto in tanto dal fossato si udiva la Cosa **GORGOGLIARE** affamata.
Tutto era normale, insomma.
Almeno per loro...
Sotterrasorci Tenebrax prese la parola per primo: – Come tutti sapete, tutti tranne Geronimo, la nostra proprietà confina con i terreni della duchessa *Vyperia Vyperis*...
Appena pronunciò quel nome, nella sala si levò un *mormorio* di disappunto.
Sotterrasorci proseguì: – Vyperia è ricchissima: nel suo castello i rubinetti sono in oro

IL MISTERIOSO CONTRATTO...

massiccio, i pavimenti sono rivestiti di lapislazzuli e i servitori per fare la polvere usano drappi di seta. Ma il denaro non le basta mai. Per diventare ancora più *ricca* sarebbe pronta a tutto!
I Tenebrax scossero la testa mormorando:
– Che brutta cosa...

UN VERO TENEBRAX NON VENDEREBBE MAI CASTELTESCHIO!

Sotterrasorci riprese: – Dunque, Vyperia dice di aver trovato in un BAULE un certificato che risale agli inizi dell'Ottocento... In quello stesso istante si udì un **URLO**, e la Cosa ribollì, ruggì, gorgogliò e poi con uno SPLASH! tornò a immergersi nella melma del fossato.
Io scrutai i Tenebrax, perplesso, ma per loro quello doveva essere un fatto **NORMALE,** perché nessuno vi prestò attenzione.
Ma perché nessuno si preoccupava di controllare **CHI** o che **COSA** avesse urlato?
Come se niente fosse, Sotterrasorci continuò a

UN VERO TENEBRAX   NON VENDEREBBE...

parlare: – ... Vyperia dice di aver trovato un *certificato* secondo cui un *nostro* antenato, Scatorcio Tenebrax, avrebbe **venduto** Castelteschio alla *sua* antenata Serpentaria Vyperis...
Tutti in coro i Tenebrax strillarono: – **IMPOSSIBILE!** *Un vero Tenebrax non venderebbe mai Castelteschio!*
Io mi guardai attorno.
Ah, certo il castello era molto lugubre, **polveroso** e pieno di **FANTASMI** negli angolini bui, e con quella Cosa nel fossato non poteva proprio essere più **INQUIETANTE** di così... Ma era perfetto per i Tenebrax!
Perché uno di loro avrebbe dovuto venderlo?
Sotterrasorci diede a Tenebrosa una *lettera*

SCATORCIO TENEBRAX

Un vero Tenebrax   non venderebbe...

di Vyperia, perché la mostrasse a tutti.
Sulla lettera c'era scritto:

> 'Sloggiate Tenebrax!
> Ormai il vostro castello è mio!
> Ecco le prove...'

Insieme alla lettera c'era la copia di uno *strano* **contratto** scritto con uno *strano* inchiostro sbiadito, su una *strana* pergamena. Poi, c'era anche la FOTO di uno *strano* quadro, che rappresentava un roditore e una roditrice che si davano la ZAMPA, e davanti a loro su un tavolo, c'era una pergamena e una *penna* d'oca intinta in un calamaio.
– Vedi, ciccetto? – mi fece notare Tenebrosa. – Questo quadro rappresenta SCATORCIO

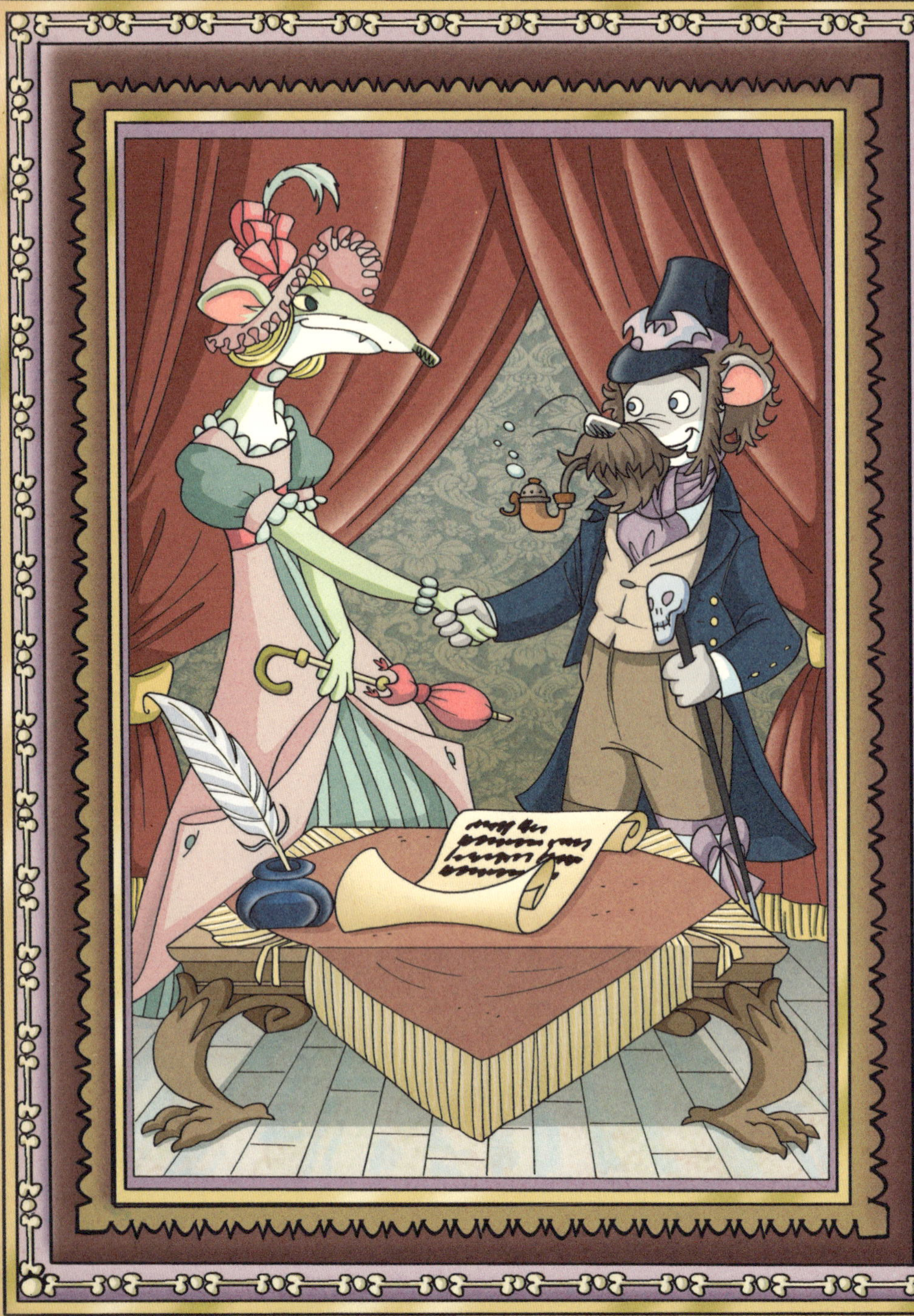

UN VERO TENEBRAX   NON VENDEREBBE...

TENEBRAX, il nostro antenato, mentre firma il contratto di vendita con Serpentaria. Secondo Vyperia, è la prova definitiva della vendita! – mi spiegò Tenebrosa.
– Perché Vyperia non ha mai parlato prima del **contratto** e del QUADRO? – le chiesi io.
– Mah, lei dice di averli trovati solo pochi giorni fa...
Madam Latomb mi si avvicinò preoccupata, con il Canarino Mannaro che tremava per l'emozione.
– Capisce, signor Geronimo? Questo significa che Castelteschio non sarà più **NOSTRO!**
Nonno Frànchenstain sospirò: – Significa che dovrò lasciare il mio LABORATORIO...
Maggiordomo si lamentò: – Significa che la famiglia dovrà lasciare la sua antica dimora!

Il signor Giuseppe domandò: – E chi si occuperà di nutrire la Cosa? Povera **BESTIOLA**, è tanto *delicata* di stomaco...
Infine nonna Crypta mi fissò negli **OCCHI**: – Ma tu e Tenebrosa vi **SPOSERETE** lo stesso, vero?

L'oro di Castelteschio

Sotterrasorci annunciò, lugubre: – Sapete che cosa vuole fare quella **VIPERA** della duchessa Vyperis?
Madame Latomb strillò: – Lo sappiamo! Vuol radere al suolo Castelteschio, perché vuole che ci sia un **SOLO** castello nella Valle Misteriosa, il suo!
E Tenebrosa: – Per di più vuole SRADICARE tutte le piante del nostro parco...
E nonno Frànchenstain: – Poi vuole ricoprire i prati di C E M E N T O , per fare un'autostrada e un centro commerciale...
– Un'**AUTOSTRADA?** – domandai.

L'ORO DI CASTELTESCHIO

– Certo! L'autostrada le serve per far passare i camion che TRASPORTERANNO l'oro...

Io chiesi stupito: – ORO? Quale oro?

Sotterrasorci spiegò: – Alla base della collina su cui sorge il nostro castello, c'è una vecchia **MINIERA** abbandonata... Pare che Vyperia abbia fatto delle ricerche e abbia scoperto che là sotto c'è ancora ORO, molto ORO, moltissimo ORO...

– E Vyperia lo vuole tutto per sé, per diventare ancora più RICCA... – soggiunse nonna Crypta.

Nonno Frànchenstain sospirò: – Vyperia ha già chiamato una grande IMPRESA di scavi che sta per iniziare i lavori!

Madam Latomb scoppiò a PIANGERE: – Ci hanno ordinato di fare le valigie, subito! Dove ANDREMO? Che cosa ne sarà del mio Feroce Canarino Mannaro?

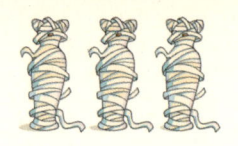

DOVRAI PASSARE SULLE NOSTRE MUMMIE!

Improvvisamente all'esterno si udì un gran frastuono. Noi ci **PRECIPITAMMO** alle finestre, preoccupati. Erano arrivate le ruspe! Sotto il castello era tutto pieno di escavatori e camion, e squadre di TECNICI che correvano qua e là. Improvvisamente si avvicinò al ponte levatoio una roditrice **ALTA** e MAGRA, dal muso ossuto, e dalla voce stridula, che strillò al MEGAFONO: – Tenebrax, ve lo dico per l'ultima volta: fuori di qui, e subito! Questo castello

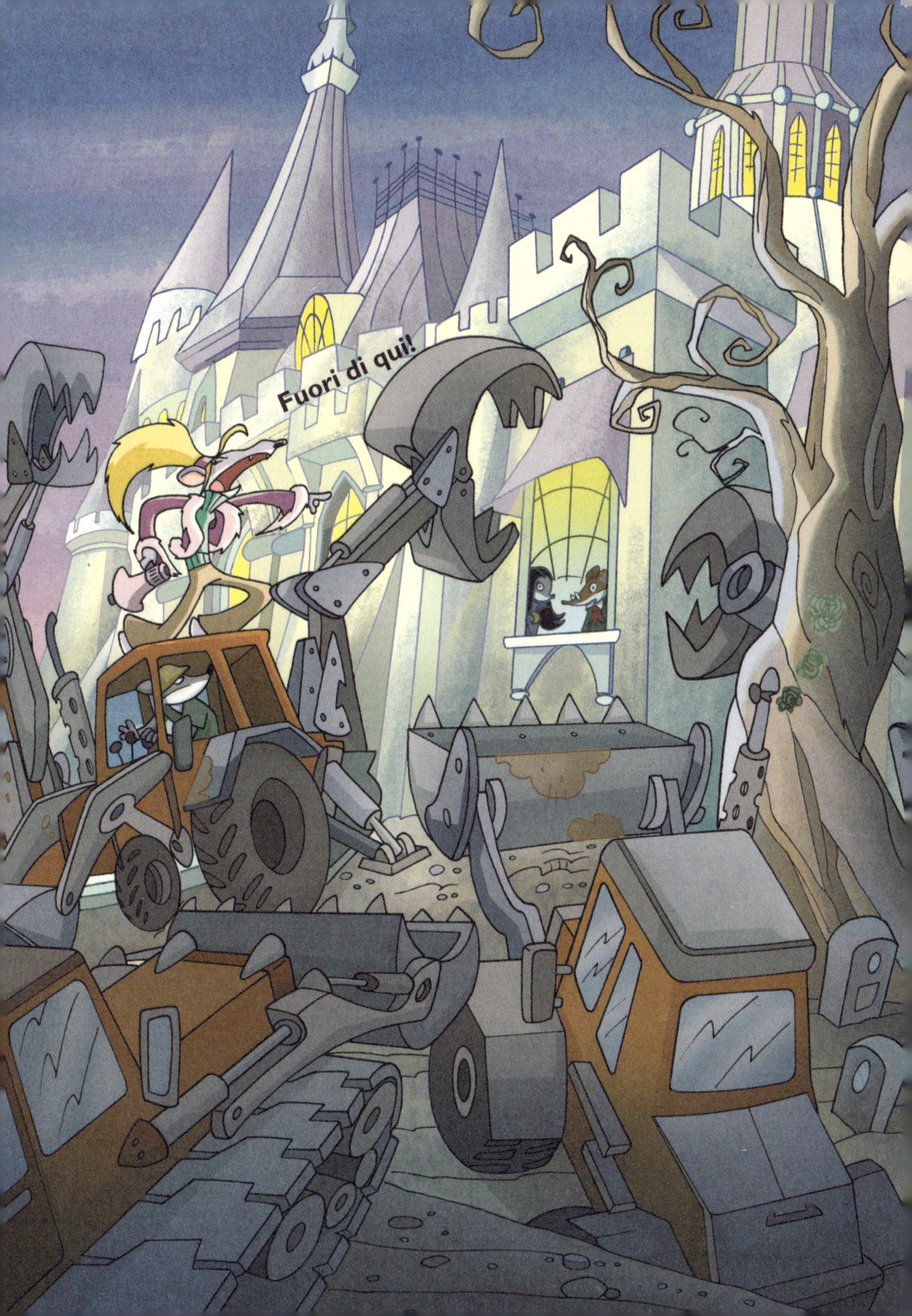
Fuori di qui!

ormai è **MIO**, solo **MIO**, tutto **MIO**, capito? È chiaro?

Sotterrasorci si affacciò alla finestra e urlò:
– **NON CE NE ANDREMO MAI!**
Dovrai passare sulle nostre mummie, prima!

Maggiordomo si affrettò ad alzare il ponte levatoio, così nessuno sarebbe potuto entrare.

Vyperia batté il piede a terra stizzita:

– Peggio per voi! Se non ve ne andrete con le buone, passerò alle maniere **FORTI!**

E rivolta agli operai, ordinò: – Tirate giù il castello a **PICCONATE**, anzi a cannonate!

Uno degli operai tentò di dire: – Ma contessa, non si può... non si può prendere a picconate il castello dei Tenebrax... e nemmeno a **CANNONATE**!

– E perché no? – strillò Vyperia, indispettita.

– Perché ci sono dentro loro, i **TENEBRAX**...

DOVRAI PASSARE SULLE NOSTRE...

Vyperia urlò, con il pugno alzato in segno di **minaccia:** – Vi stanerò di là, usurpatori! Castelteschio è **MIO**, solo **MIO**, tutto **MIO**! Un altro operaio le chiese: – Ma perché vuole **ABBATTERE** il castello dei Tenebrax, contessa? Certo è lugubre, un po' polveroso, pieno di ragnatele e di sicuro pieno di **FANTASMI** negli angolini bui... ma è il suo bello! Per estrarre l'oro basterebbe passare dalla parte opposta della collina... è di là l'ingresso della miniera! Ma Vyperia urlò: – Zitto tu, non capisci **NIENTE!** D'ora in poi, nella Valle Misteriosa ci sarà un solo castello... il **MIO!** E poi agli operai: – Abbattete Castelteschio!

ABBATTETELO! ABBATTETELO! ABBATTETELO! ABBATTETELO!

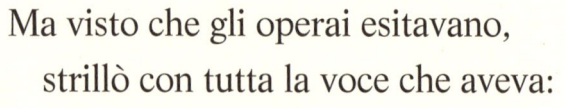

Ma visto che gli operai esitavano, strillò con tutta la voce che aveva:
– **CEMENTAZZI!** Chiamatemi subito Cementazzi!
Così l'altoparlante tuonò:
– Cementazzi! Il **GEOMETRA** Cementazzi è richiesto dalla contessa Vyperia!
Cementazzi arrivò di corsa. Era un topastro largo come un **ARMADIO**, alto come un **ARMADIO**, massiccio come un **ARMADIO**.
Le sue mani erano larghe come **BADILI**, robuste come **BADILI**, forti come **BADILI**. Aveva la pelliccia grigio cemento, i capelli irti come chiodi, i denti candidi come marmo.
Quando aprì la bocca, **URLÒ** con una voce

DOVRAI PASSARE SULLE NOSTRE...

penetrante come la sirena di una fabbrica:
– Che cosa succede qui, razza di rammolliti! *Questo non è un picnic!* Siamo qui per spaccare, demolire, devastare! Perché non avete ancora cominciato ad **ABBATTERE** questo vecchio rudere? E perché non avete ancora spruzzato il DISERBANTE sulle orribili piantacce del parco? E perché non avete ancora fatto piazza PULITA di tutti quei mostruosi animali? *Questo non è un picnic!* E soprattutto perché non avete ancora steso un bello strato di C E M E N T O sui prati, come vi avevo ordinato? *Questo non è un picnic!* Ricordatevi il nostro motto:

Cementare, cementare, cementare!
Viva il cemento!

Viva il cemento!

La contessa Vyperia sogghignò: – Bravo Cementazzi... gli faccia vedere come si fa! Cementazzi disse: – Ci penso io signora contessa! Gli do io il buon **ESEMPIO!** *Questo non è un picnic!* Stia un po' a vedere...
E così dicendo afferrò un **PICCONE** e **CORSE** verso il castello, gridando:

– **VIVA IL CEMENTO!**

Non aveva ancora finito di dirlo che dall'alto della torre si affacciò il signor Giuseppe e lo inondò con un pentolone di stufato fumante, ricoprendolo di poltiglia **PUZZOLENTE!**

Splat!

VIVA IL CEMENTO!

Lui annaspò, tossì, sputacchiò, ma poi si riprese subito, e urlò: – AH, FATE I FURBINI, EH? Ma ora vi sistemo io! Se non posso tirare giù il castello da sopra, passerò da sotto!
Ordinò agli operai: – Seguitemi! Entreremo dalla vecchia miniera d'oro, che passa proprio sotto il castello e lo DISTRUGGEREMO dalle fondamenta!
Udii Cementazzi gridare: – CARICA!
Mi affacciai e lo vidi abbattere a picconate le assi tarlate che chiudevano l'ingresso della miniera, poi prese un martello pneumatico e cominciò a trapanare le fondamenta di Castelteschio.
Tum-tum-tutummm!
E visto che i suoi operai non ci mettevano abbastanza entusiasmo, urlò: – *Questo non è un picnic!* Datevi da fare o vi LICENZIO!

Viva il cemento!

Gli operai rassegnati, incominciarono anche loro a perforare le viscere della collina. Castelteschio sussultava, i vetri vibravano, i muri tremavano, le ante degli armadi SBATACCHIAVANO in continuazione e i piatti tintinnavano...
Al di sopra di quel frastuono, Tenebrosa gridò: – Dobbiamo fermarli... e subito! Vieni ciccetto, ho avuto un'idea...

Mille modi
per depilarsi i baffi

Tenebrosa prese due lenzuoli, ritagliò dei **BUCHI** per gli occhi, ne indossò uno e mi fece indossare l'altro. Poi corse in biblioteca, squittendo: – Presto, ciccetto, cerca un libro con scritto *'Mille modi per depilarsi i baffi'*!

Io balbettai stupito: – Che cosa c'entrano i **BAFFI** adesso?

Tenebrosa ridacchiò: – Non c'entrano niente! Ma se sposti quel libro si apre un **PASSAGGIO SEGRETO**...

Dallo scaffale della libreria presi il volume che si intitolava 'Mille modi per depilarsi i baffi'.

Appena cercai di toglierlo dallo scaffale, la libreria girò cigolando su se stessa, e rivelò una scaletta buia. Tenebrosa si avviò subito giù per la scala: – Seguimi, Geronimo, ma attento a non INCIAMPARE nel lenzuolo... Troppo tardi! Stavo già ROTOLANDO giù per gli scalini, e sbattei il muso contro un binario!

Attento!

Ohi ohi!

Quando mi rialzai, mi trovai nel cuore della vecchia miniera. Era molto buio e l'aria puzzava di STANTIO. Improvvisamente urtai qualcosa col piede: pareva proprio un TACCUINO rilegato in cuoio. Lo raccolsi e lo misi in tasca, ma senza guardarlo bene, perché sentii uno SPIFFERO alle mie spalle, che mi fece accapponare la pelliccia. Era come se qualcuno mi avesse ALITATO sul collo. Qualcuno che aveva il fiato GELIDO, come quello di un...
– Fantasma! Aiuto, c'è un **FANTASMA**!
Era lì, bianco e spettrale, con due strani occhi verdi...
– Tranquillo, ciccetto, sono io!
Perché il fantasma parlava con la stessa voce di Tenebrosa, aveva gli occhi dello stesso colore di Tenebrosa e sembrava proprio... Tenebrosa?

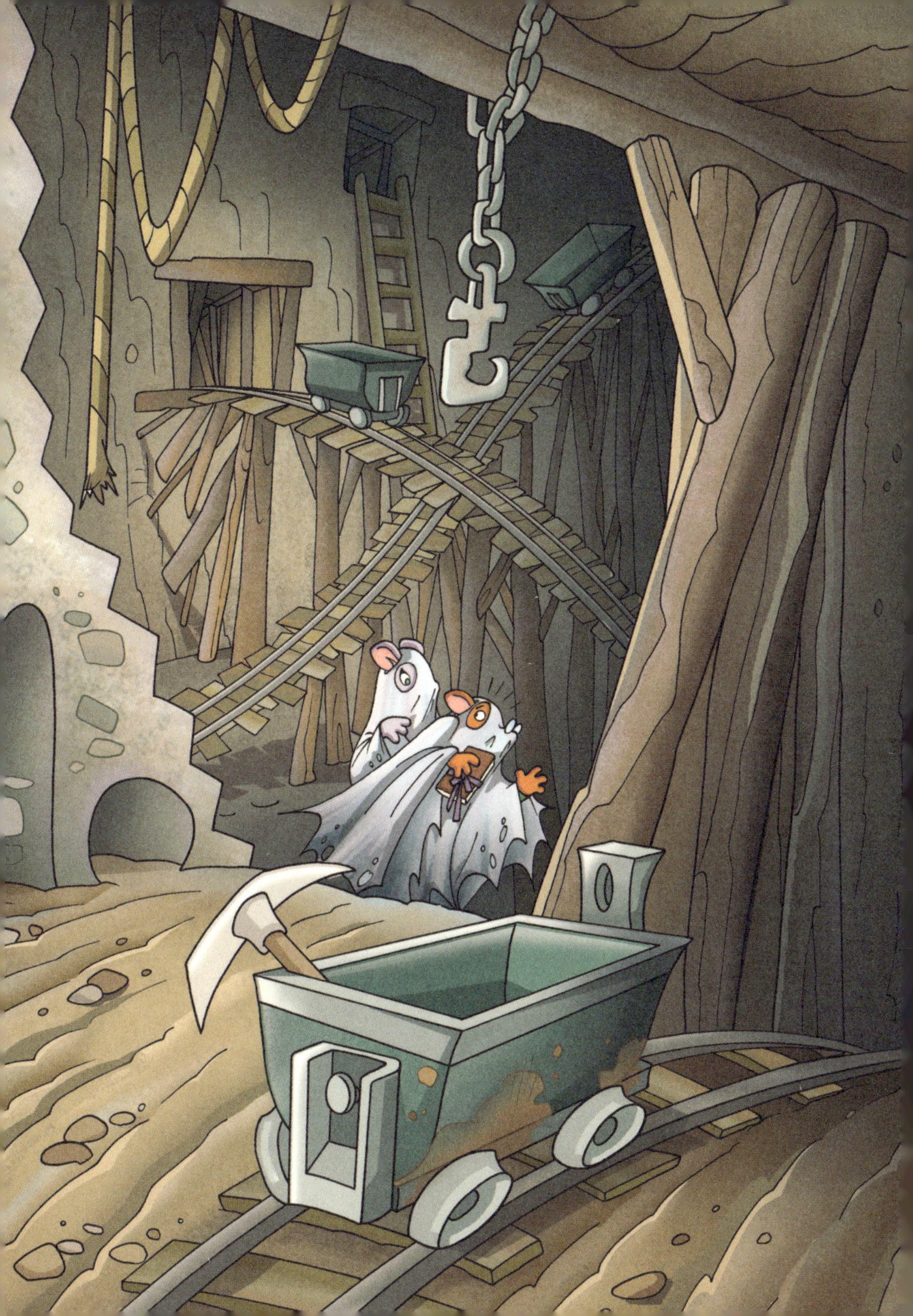

MILLE MODI PER DEPILARSI I BAFFI

– Non mi riconosci **ciccetto?** Sono io, Tenebrosa!
Poi mi **STRIZZÒ** l'occhio da sotto il lenzuolo da fantasma.
– Ti ho fatto **PAURA**, eh? Ora seguimi, faremo prendere un bello **spavento** a quegli spaccacastelli!
Tenebrosa e io ci avvicinammo di soppiatto agli operai che lavoravano nella miniera, avvolti nei nostri **LENZUOLI**.

Poi balzammo fuori all'improvviso, dicendo:

BOOOOOOOOOOO!

Loro si spaventarono tantissimo!
E per quel giorno riuscimmo a scatenare
il **PANICO** e a fermare i lavori.
Ma il giorno dopo erano di nuovo lì, perché
Vyperia aveva obbligato Cementazzi a tornare
al lavoro e il geometra aveva imposto agli operai di ricominciare a **SCAVARE**.
Ma io decisi che avrei fatto di tutto per fermarli: non volevo che i Tenebrax perdessero
Castelteschio con il suo bizzarro parco di
PIANTE RARE e i suoi **STRANI ANIMALI** in via di estinzione.

Caro diario...

Più pensavo a quella storia e più mi convincevo che c'era qualcosa che mi suonava strano.
Così telefonai subito a mia sorella Tea e le chiesi: 1. di fare delle ricerche su Serpentaria Vyperis e Scatorcio Tenebrax; 2. di procurarsi una COPIA del contratto di compravendita; 3. di far ESAMINARE dalla direttrice del Museo di Topazia il quadro che raffigurava Serpentaria e Scatorcio mentre firmavano il contratto. Sarebbero dovute andare al castello dei Vyperis, ma almeno così la direttrice

CARO DIARIO...

avrebbe capito se il quadro era davvero *antico!*

Poi andai da tutti i Tenebrax e li tempestai di domande: – Perché Scatorcio avrebbe **VENDUTO** il castello? Aveva bisogno di **SOLDI?** Si era **STANCATO** di vivere nella Valle Misteriosa? Era diventato allergico ai **RAGNI?**

Ma non ottenni nessuna risposta...

Erano passate poche ore quando squillò il mio cellulare. Era Tea.

– Ciao, fratellino, tieniti forte, ho delle notizie incredibili!

Le novità stratopiche erano queste:

1. Scatorcio Tenebrax era ricchissimo: era stato lui a scoprire la miniera d'oro sotto Castelteschio! Serpentaria Vyperis invece era solo... la sua **SEGRETARIA!**

2. Purtroppo Tea non aveva potuto procurarsi una copia del contratto di compravendita: l'archivio dei documenti della Valle Misteriosa era **BRUCIATO** la settimana prima!
3. Il quadro era davvero *antico!*
Appena terminai la telefonata con Tea iniziai a RIFLETTERE...
Se Scatorcio era tanto ricco, perché avrebbe deciso di vendere il castello?
E come aveva fatto la sua segretaria a diventare tanto ricca da **COMPERARE** il castello?
Il quadro era veramente stato dipinto nell'Ottocento... ma non potevamo scoprire se il contratto fosse autentico, perché l'archivio era bruciato. E questo era molto molto **SOSPETTO!** Non ci capivo più niente!
Improvvisamente mi ricordai del TACCUINO che avevo trovato nella

CARO DIARIO...

miniera. Lo osservai bene: era antico. Molto antico. La copertina era rilegata in cuoio marrone, e vi era impresso un titolo in oro sbiadito dal tempo... distinsi una *S,* una *E,* una *R*... poi una *P*...
Sbarrai gli occhi: c'era scritto SERPENTARIA!
Sfogliai ansiosamente il taccuino e lessi SBALORDITO ad alta voce davanti a tutti i Tenebrax: '*Caro Diario, ecco il mio piano per impossessarmi di Casteltaschio!*'
Continuai a leggere: '*Voglio rubare il castello a Scatorcio, perché io avevo deciso di sposarlo... ma lui ha detto che non vuole sposarmi! Ho deciso che mi vendicherò, parola di Serpentaria Vyperis!*

Caro diario...

Tutti i Tenebrax mormorarono: *Oooooh!*
Ripresi a *leggere*: 'Ho preparato un contratto falso, in cui c'è scritto che Scatorcio mi vende il suo castello. Ho anche fatto dipingere un quadro che ci ritrae mentre firmiamo il contratto, perché tutto sia più credibile!'.

Caro diario...

Caro diario...

Tutti gridarono: – Allora Scatorcio non ha mai venduto il castello! Vyperia non può reclamare Castelteschio!
Il documento era antico, ma FALSO. E falso era il QUADRO, perché rappresentava qualcosa che non era mai accaduto...
Io ero sempre più incuriosito. Chissà come andava a finire quella strana *storia d'amore*, iniziata più di duecento anni prima?
Girai pagina, ed ecco cosa c'era scritto:
'Caro diario, mi sono pentita e ho confessato tutto a Scatorcio. Lui si è commosso, mi ha perdonato, mi ha detto che apprezzava la mia sincerità, mi ha invitato a cena e...
Girai ancora pagina e trovai dei FIORI d'arancio infilati in mezzo alle pagine.

Caro diario...

Lessi l'ultima frase del *diario*: 'Insomma, caro diario, alla fine ci siamo sposati!!! Come regalo di nozze, il mio Scatorcio ha fatto costruire un castello dove è andata a vivere la mia famiglia: così i Vyperis e i Tenebrax potranno vivere sempre vicini nella Valle Misteriosa!'.
Tutti i Tenebrax urlarono: – **Evviva!**
Che bello! Si volevano bene e si sono sposati! Proprio come *Geronimo* e **TENEBROSA!**
Nonna Crypta si soffiò il naso nella manica della mia giacca, commossa: – **SPOSATEVI** subito, Geronimo! Fallo per me, che potrei essere tua **nonna!**
E il nonno Frànchenstain:
– Io preparerò i **FUOCHI D'ARTIFICIO!**
E il signor Giuseppe: – Per il

CARO DIARIO...

pranzo di nozze, *STUFATO* per tutti!
E Sotterrasorci: – E per il viaggio di nozze
tranquilli: vi presto il mio **CARRO
FUNEBRE**! Con la bara e tutto!

POTEVI DIRLO SUBITO, GERONIMO!

Tenebrosa mi si avvicinò decisa: – Ciccetto, adesso che Castelteschio è tornato in mano ai Tenebrax non hai più **SCUSE!**
Balbettai: – Io non so, non capisco...
– Come non capisci? Dobbiamo decidere la data per le *nozze!*
Io mormorai imbarazzato: – Tenebrosa, io ti stimo moltissimo, ma non voglio sposarti...
Lei mi fissò **FURIBONDA** con i suoi cupi occhi verdi: – Ah beh potevi dirlo subito...
Io strillai: – Ma se te lo ripeto da quando ci conosciamo! Te l'ho sempre detto che **NON VOGLIO SPOSARTI!**

POTEVI DIRLO SUBITO...

Lei rispose calmissima: – Davvero? Io non ho mai **sentito**...

Io sospirai, esasperato: – Eppure, io l'ho sempre **DETTO** e **RIPETUTO** e...

Lei però non mi ascoltava più.

Stava già telefonando a un'amica: – Pronto?

POTEVI DIRLO SUBITO...

Carissima! Ho una **NOTIZIONA** freschissima... ti ricordi il mio fidanzato... quel tipo, *anzi quel topo*, molto per bene, ma così **NOIOSO**, poveretto... sempre a parlare di libri e di lavoro... già, hai capito, vero? Sto proprio parlando di lui, di *Geronimo Stilton*... avevi proprio ragione tu, è davvero **NOIOSETTO**... eh sì, hai ragione, è un caso senza speranza...

Poi sospirò: – Comunque, ecco la notizia freschissima: ho deciso di **ROMPERE** il fidanzamento! Lo sto piantando, così impara, ecco!

Quando finì di telefonare, si voltò verso di me, sempre **SOSPIRANDO**: – Ho dato la notiziona alla mia migliore amica! Sappi che mi ha detto che ho **RAGIONE**, che non sa come ho fatto a sopportarti per tutto questo

POTEVI DIRLO   SUBITO...

tempo, e che l'Isola dei Topi è piena di roditori migliori di te, che aspettano solo l'occasione di sposare una come me...
Io chiesi SECCATO: – Ma chi è questa tua amica? E come si permette?
Lei sogghignò: – È Tea, tua sorella!
Stavo per replicare, ma suonò il telefono. Era Tea!
– Geronimo, perché sei così NOIOSETTO? Adesso che persino Tenebrosa ti ha lasciato, chi ti sposerà?
Io strillai: – Per piacere lasciami in PACE!
E prendete bene nota tutti quanti:

IO-NON-VOGLIO-SPOSARMI!

Lasciami in pace!

POTEVI DIRLO   SUBITO...

In quel momento il telefonino segnalò che avevo appena ricevuto un messaggio sms: L'agenzia di notizie **TI-INFORMIAMO-SUBITO** trasmetteva la notizia dell'ultimo momento...

Io non credevo ai miei **OCCHI**...
In quel momento il telefonino attaccò a **trillare**, erano amici e parenti che tentavano di *consolarmi*.
Io tornai a Topazia, in **TRENO**, da solo.
Una volta arrivato, mi avviai verso casa, **TRASCINANDO** le zampe: non era stato

POTEVI DIRLO SUBITO...

facile chiarire la situazione con Tenebrosa!
E non mi piaceva che mi avesse definito **NoIoso!**
Quando passai nella piazza principale di Topazia, sul MEGASCHERMO apparve la mia faccia, e la scritta:

NOTIZIONA FRESCHISSIMA,
IL DIRETTORE DELL'ECO DEL
RODITORE PIANTATO PERCHÉ
È NOIOSO!

Potevi dirlo subito...

Mi tirai il bavero sul muso per non farmi riconoscere e così, furtivo come un ladro, **ZAMPETTAI** fino a Via del Borgoratto, 8.
Ma proprio davanti a casa mia c'era una folla di giornalisti, che tentarono di **INTERVISTARMI**.
Io feci lo slalom tra un microfono e l'altro, tra una telecamera e l'altra, e mi **FIONDAI** in casa, chiudendo la porta con un sospiro di sollievo.

Eccolo!

Prendetelo!

POTEVI DIRLO   SUBITO...

Accesi la TELEVISIONE ma parlava solo di me.
Sintonizzai la **RADIO**, ma parlava solo di me.
Controllai la mia posta, ma le email erano solo messaggi che parlavano del fatto che ero noioso.
Io gridai: — BASTAAAAAAAAAAAA!

Poi capii che cosa dovevo fare.
Andai subito all'*Eco del Roditore* e scrissi un articolo in cui raccontavo la verità: cioè che io e Tenebrosa eravamo e saremo sempre rimasti buoni amici, perché lei era una roditrice fantastica e io la stimavo molto. Aggiunsi che questo era tutto, e che avevamo il diritto a non dire altro, perché i nostri sentimenti riguardavano solo noi e io chiedevo cortesemente a tutti di lasciarci in PACE.

POTEVI DIRLO   SUBITO...

Il giorno dopo, il giornale andò a ruba: tutti volevano leggere il mio *articolo!*
Per fortuna, ciò che scrissi convinse tutti a lasciarci davvero in **PACE**, e da quel momento in poi nessuno più rivolse domande indiscrete né a me né a lei.
Passarono i **GIORNI**, le **SETTIMANE**, finché un giorno...

ECCO LA SORPRESA!

Volete sapere come andò a finire?
Siete CURIOSI, vero?
Allora ve lo racconto...
Il giardino di Castelteschio fu dicharato PARCO NAZIONALE e messo sotto la tutela del Ministero dell'Ambiente dell'Isola dei Topi.
E per quanto riguarda Tenebrosa...
Nonostante tutto siamo rimasti molto amici.
State a sentire, ora...
L'altra notte, il mio telefono è squillato. Era molto tardi... era NOTTE fonda!
Io stavo dormendo (ovvio, era notte fonda), e

Ecco la sorpresa!

borbottai: – Pronto, qui Stilton, *Geronimo Stilton*. Chi parla?

Era Tenebrosa, che strillò **ECCITATISSIMA**:

– Ciccetto! Ho una notizia freschissima per te!

Io sbadigliai: – Davvero?

Lei proseguì: – Ora ti racconto tutto...

1. Ieri sono andata a **teatro** con mia nipote Brividella...

2. C'era un nuovo spettacolo divertentissimo, un musical...

3. Abbiamo riso tanto e ci siamo **DiVERTiTE**...

4. Anche il roditore seduto vicino a me rideva con gusto...

5. Allora l'ho **GUARDATO** meglio...

6. Era carino...

7. Era interessante...

8. Gli ho SORRISO...

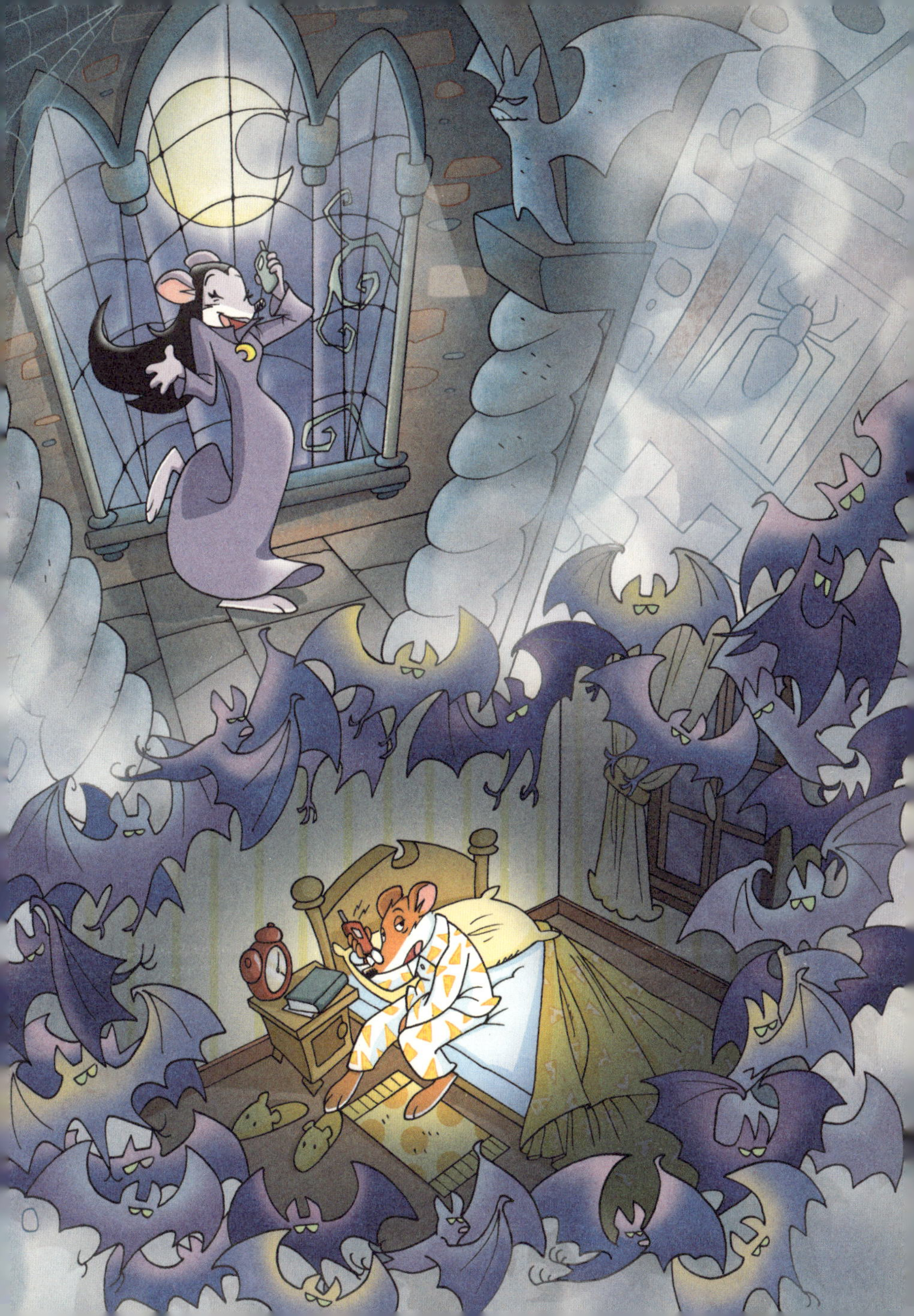

Ecco la sorpresa!

9. Anche lui mi ha SORRISO...
10. Insomma... mi sono innamorata!

Lei concluse: – Insomma, mi sono innamorata a prima vista di quel topo che il destino ha messo vicino a me! Mi piace moltissimo, perché è TIMIDO, NEVROTICO, *intellettuale*... proprio come te! Lui non sa ancora che presto ci FIDANZEREMO, ma io ho già deciso che passeremo tutta la vita insieme, perché siamo fatti l'uno per l'altra! Ho già ordinato un vestito da sposa all'ultima moda, sarò *elegantissima*. Ora ti lascio, ciccetto, devo fare la lista degli invitati...

Io dissi con entusiasmo:

– Ti sei innamorata? Ma è fantastico! Sono felice per te!

Tesoro!

Ecco la sorpresa!

Lei mi ringraziò: – Grazie, Geronimo. Solo ora capisco che mi vuoi davvero bene... e che sarai sempre per me un *amico meraviglioso*.
Continuammo a chiacchierare, vicini come non eravamo mai stati, e il tempo volò, finché le stelle svanirono in cielo, la luna lasciò il posto al sole e l'alba inondò il cielo di Topazia di un dolce chiarore ROSATO.
Solo allora ci salutammo, con vero affetto, e ciascuno tornò alla sua vita.
Un altro giorno, un'altra vita per **TENEBROSA TENEBRAX**... la roditrice più fantastica che io conosca.

Auguri, Tenebrosa... che la vita ti dia tutto ciò che desideri, tutto ciò che meriti!

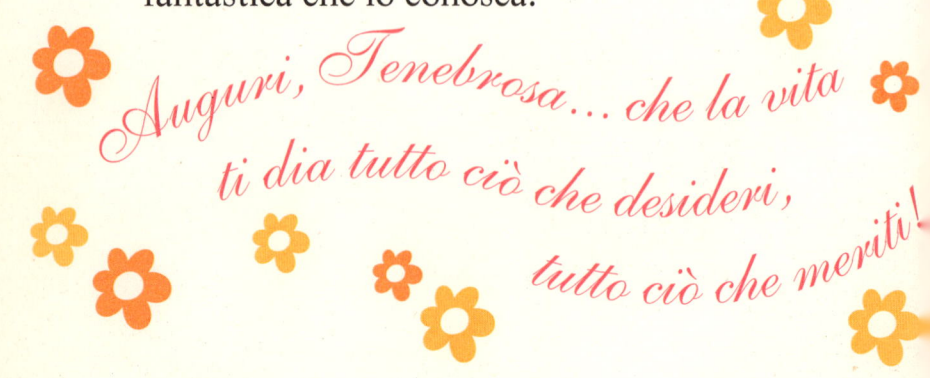

Ecco la sorpresa!

Ah, a proposito, ho saputo che il nuovo 'FIDANZATO' di Tenebrosa è un tipo, *anzi un topo*, molto per bene, che in effetti mi assomiglia molto, anzi moltissimo: è un roditore *intellettuale* come me... TIMIDO come me... FIFONE come me... sentimentale come me...
Ecco perché piace tanto a Tenebrosa!
Parola di *Geronimo Stilton!*

INDICE

Vi piacciono le sorprese?	7
Chi mi chiama 'ciccetto'?	8
No che non va tutto bene!	14
Essenza di mummia!	16
La famiglia Tenebrax ha bisogno di aiuto!	24
Tramonto a Castelteschio	28
Fiori puzzolenti, spine velenose e...	36
Lo strano castello della strana famiglia...	48
Ciccetto, la famiglia ti aspetta!	51

Lo stufato... mi ha stufato!	60
Il misterioso contratto di Vyperia Vyperis	65
Un vero Tenebrax non venderebbe mai...	69
L'oro di Castelteschio	75
Dovrai passare sulle nostre mummie!	78
Viva il cemento!	84
Mille modi per depilarsi i baffi	88
Caro diario...	94
Potevi dirlo subito, Geronimo!	102
Ecco la sorpresa!	111

Geronimo Stilton

STORIE DA RIDERE

1. Il misterioso manoscritto di Nostratopus
2. Un camper color formaggio
3. Giù le zampe, faccia di fontina!
4. Il mistero del tesoro scomparso
5. Il fantasma del metrò
6. Quattro topi nella Giungla Nera
7. Il mistero dell'occhio di smeraldo
8. Il galeone dei Gatti Pirati
9. Una granita di mosche per il Conte
10. Il sorriso di Monna Topisa
11. Tutta colpa di un caffè con panna
12. Il mio nome è Stilton, Geronimo Stilton
13. Un assurdo weekend per Geronimo
14. Benvenuti a Rocca Taccagna
15. L'amore è come il formaggio...
16. Il castello di Zampaciccia Zanzamiao
17. L'hai voluta la vacanza, Stilton?
18. Ci tengo alla pelliccia, io!
19. Attenti ai baffi... arriva Topigoni!
20. Il mistero della piramide di formaggio
21. È Natale, Stilton!
22. Per mille mozzarelle... ho vinto al Tototopo!
23. Il segreto della Famiglia Tenebrax
24. Quella stratopica vacanza alla pensione Mirasorci...
25. La più grande gara di barzellette del mondo
26. Halloween... che fifa felina!
27. Un vero gentiltopo non fa... spuzzette!
28. Il libro-valigetta giochi da viaggio
29. L'isola del tesoro fantasma
30. Il Tempio del Rubino di Fuoco
31. La maratona più pazza del mondo!
32. Il libro dei giochi delle vacanze
33. Il misterioso ladro di formaggi
34. Uno stratopico giorno... da campione!
35. Quattro topi nel Far West!
36. In campeggio alle Cascate del Niagara
37. Ahi ahi ahi, sono nei guai!
38. La vita è un rodeo!
39. La Valle degli Scheletri Giganti
40. È arrivata Patty Spring!
41. Salviamo la balena bianca!
42. Lo strano caso della Pantegana Puzzona
43. Lo strano caso dei Giochi Olimpici
44. Ritorno a Rocca Taccagna
45. La Mummia senza nome
46. Lo strano caso del vulcano Puzzifero
47. Agente segreto Zero Zero Kappa
48. Lo strano caso del tiramisù!
49. Il Mistero degli Elfi
50. Il segreto del Lago Scomparso
51. Te lo do io il Karate!
52. Non sono un supertopo!
53. Il furto del Diamante Gigante
54. Ore 8: a scuola di formaggio!
55. Chi ha rapito Languorina?
56. Non mi lasciare, Tenebrosa!
57. La corsa più pazza d'America!

58. Attacco alla statua d'oro!
59. Lo strano caso del Sorcio Stonato
60. Il tesoro delle Colline Nere
61. Il mistero della perla gigante
62. Sei ciccia per gatti, Geronimo Stilton!
63. Che fifa sul Kilimangiaro!
64. Lo strano caso del Fantasma al Grand Hotel
65. Il mistero della gondola di cristallo
66. Brodo di topo... e ghigni felini
67. Lo strano caso del Calamarone Gigante
68. Il segreto dei tre samurai
69. Datti una mossa, Scamorzolo!
70. Da scamorza a vero topo... in 4 giorni e mezzo!
71. Lo strano caso della Torre Pagliaccia
72. Lo strano caso del ladro di notizie
73. Sei in trappola Geronimo Stilton!
74. Il mostro di Lago Lago
75. C'è poco da ridere, Stilton!
76. S.O.S. c'è un topo nello spazio!
77. La Banda del Gatto
78. Grosso guaio in Mato Grosso
79. Giù le zampe dal mio oro!

STORIE DA RIDERE A FUMETTI

1. Suonala ancora, Mozart!
2. La strana macchina dei libri

I PREISTOTOPI

1. Via le zampe dalla pietra di fuoco!
2. Attenti alla coda, meteoriti in arrivo

TENEBROSA TENEBRAX

1. Tredici fantasmi per Tenebrosa
2. Mistero a Castelteschio
3. Il tesoro del pirata fantasma
4. Un vampiro da salvare!
5. Il rap della paura

GRANDI LIBRI

- Nel Regno della Fantasia
- Secondo Viaggio nel Regno della Fantasia
- Terzo Viaggio nel Regno della Fantasia
- Quarto Viaggio nel Regno della Fantasia
- Quinto Viaggio nel Regno della Fantasia
- Sesto Viaggio nel Regno della Fantasia
- Viaggio nel Tempo
- Viaggio nel Tempo - 2
- Viaggio nel Tempo - 3
- Viaggio nel Tempo - 4
- Il Segreto del Coraggio
- La Grande Invasione di Topazia
- Le avventure di Ulisse
- Il principe di Atlantide
- Le avventure di re Artù

LIBRI SPECIALI

È Natale, Stilton!
Halloween... che fifa felina!
Più che amiche... sorelle!
Caccia al Libro d'Oro
C'è un pirata in Internet

SEGRETI & SEGRETI

1. La vera storia di Geronimo Stilton
2. La vera storia della Famiglia Stilton
3. I segreti di Topazia
4. Vita segreta di Tea Stilton

GRANDI STORIE

- L'Isola del Tesoro
- Il Giro del Mondo in 80 Giorni
- La Spada nella Roccia
- Piccole donne
- Il Richiamo della Foresta
- Robin Hood
- I tre moschettieri

- Il libro della giungla
- Heidi
- Ventimila leghe sotto i mari
- Peter Pan
- Piccole donne crescono
- Le avventure di Tom Sawyer
- Alice nel Paese delle Meraviglie
- Sandokan - Le tigri di Mompracem
- Le avventure di Robinson Crusoe

Cinque minuti prima di dormire
Buonanotte Topini!
Le grandi fiabe classiche
Le grandi fiabe classiche 2

SUPEREROI

1. I difensori di Muskrat City
2. L'invasione dei mostri giganti
3. L'assalto dei grillitalpa
4. Supersquitt contro i terribili tre
5. La trappola dei super dinosauri
6. Il giallo del costume giallo
7. Gli abominevoli ratti delle nevi
8. Allarme, puzzoni in azione!
9. Supersquitt e la pietra lunare
10. C'è del marcio a Marcium

BARZELLETTE

1000 Barzellette vincenti
1000 Barzellette irresistibili
1000 Barzellette stratopiche
Il Barzellettone

Barzellette Super-Top Compilation 1
Barzellette Super-Top Compilation 2
Barzellette Super-Top Compilation 3
Barzellette Super-Top Compilation 4
Barzellette Super-Top Compilation 5
Barzellette Super-Top Compilation 6

TEA SISTERS

1. Il codice del drago
2. La montagna parlante
3. La città segreta
4. Mistero a Parigi
5. Il vascello fantasma
6. Grosso guaio a New York
7. Il tesoro di Ghiaccio
8. I naufraghi delle stelle
9. Il segreto del castello scozzese
10. Il mistero della bambola nera
11. Caccia allo scarabeo blu
12. Lo smeraldo del principe indiano
13. Mistero sull'Orient Express
14. Mistero dietro le quinte

TEA SISTERS FUMETTI

- Il segreto dell'Isola delle Balene
- La rivincita del club delle lucertole
- Il tesoro della nave vichinga
- Aspettando l'onda gigante

VITA AL COLLEGE

1. L'amore va in scena a Topford!
2. Il diario segreto di Colette
3. Tea Sisters in pericolo!
4. Sfida a ritmo di danza!
5. Il progetto super segreto
6. Cinque amiche per un musical
7. La strada del successo
8. Chi si nasconde a Topford?
9. Una misteriosa lettera d'amore
10. Un sogno sul ghiaccio per Colette
11. Ciak si gira a Topford!
12. Top model per un giorno

ECO DEL RODITORE

Ingresso
Tipografia
(qui si stampano i libri e i giornali)
Amministrazione
Redazione
(qui lavorano redattori, grafici, illustratori)
Ufficio di Geronimo Stilton
Pista di atterraggio per elicotteri

Fiume Topazio

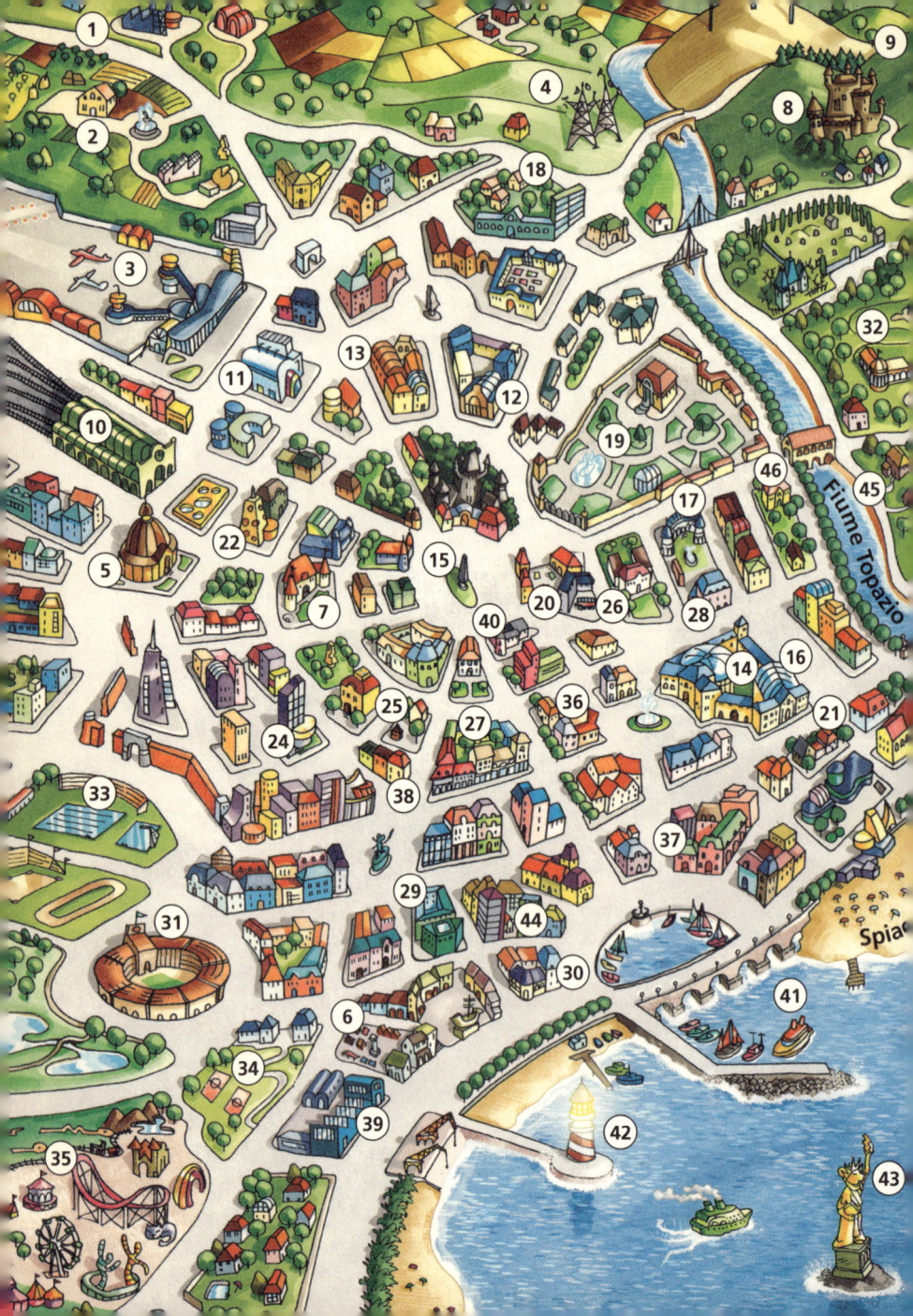

Spia

Topazia, la Città dei Topi

1. Zona industriale di Topazia
2. Fabbriche di Formaggi
3. Aeroporto
4. Televisione e radio
5. Mercato del Formaggio
6. Mercato del Pesce
7. Municipio
8. Castello Snobbacchiottis
9. Sette colli di Topazia
10. Stazione ferroviaria
11. Centro Commerciale
12. Cinema Topeon
13. Palestra Topgym
14. Salone dei Concerti
15. Piazza Pietra Che Canta
16. Teatro Tortiglione
17. Grand Hotel
18. Ospedale
19. Orto Botanico
20. Bazar della Pulce Zoppa
21. Casa di zia Lippa e di Benjamin
22. Museo di Arte Moderna
23. Università e Biblioteca
24. Gazzetta del Ratto
25. Eco del Roditore
26. Casa di Trappola
27. Quartiere della Moda
28. Ristorante Fromage d'Or
29. Centro per la Difesa del Mare e dell'Ambiente
30. Capitaneria di Porto
31. Stadio
32. Campo da Golf
33. Piscina
34. Tennis
35. Parco dei divertimenti
36. Casa di Geronimo
37. Quartiere degli Antiquari
38. Libreria
39. Cantieri navali
40. Casa di Tea
41. Porto
42. Faro
43. Statua della Libertà
44. Ufficio di Ficcanaso Squitt
45. Casa di Patty Spring
46. Casa di nonno Torquato

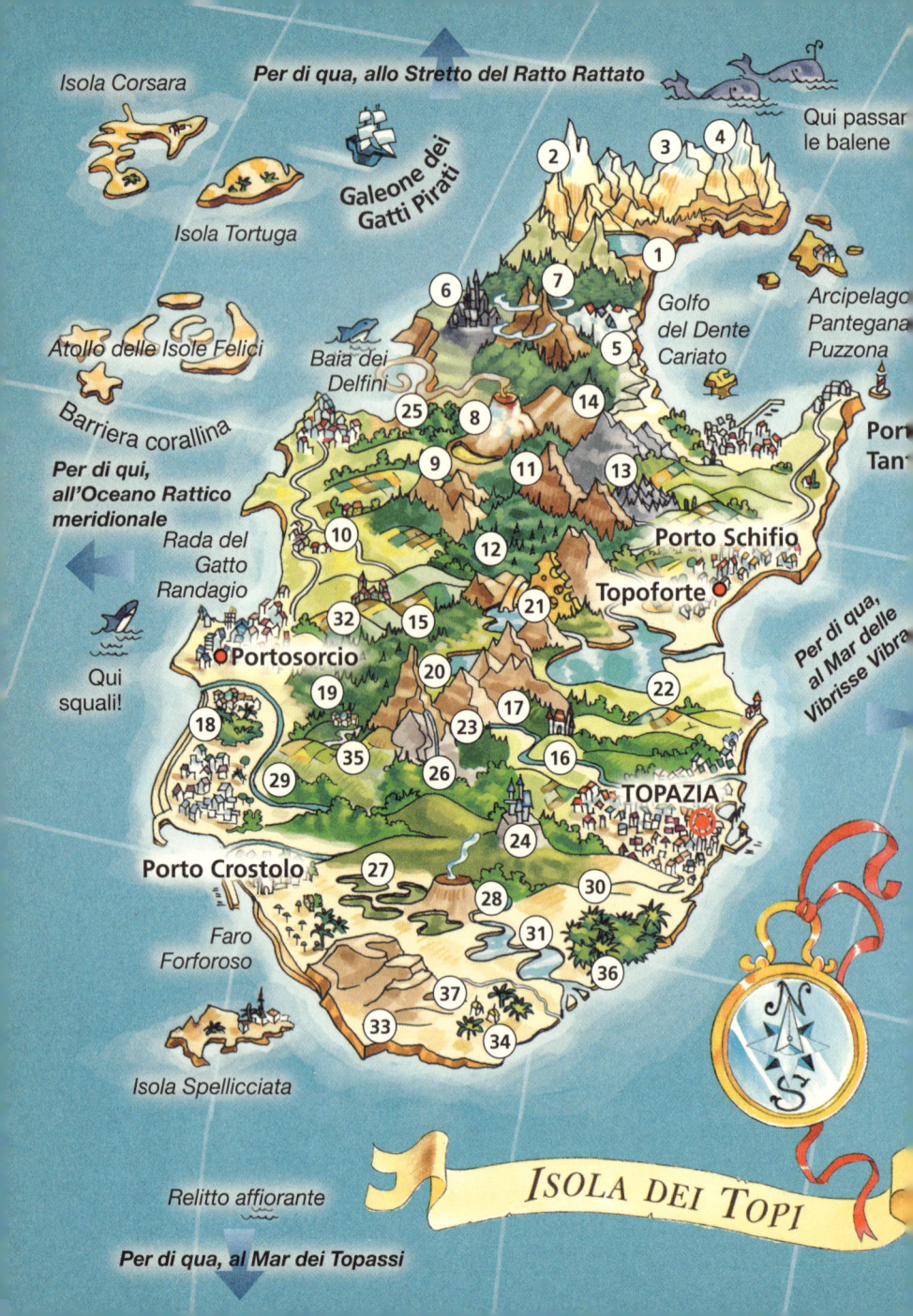

Isola dei Topi

1. Grande Lago di Ghiaccio
2. Picco Pelliccia Ghiacciata
3. Picco Telodoioilghiacciaio
4. Picco Chepiufreddononsipuò
5. Topikistan
6. Transtopacchia
7. Picco Vampiro
8. Vulcano Sorcifero
9. Lago Zolfoso
10. Passo del Gatto Stanco
11. Picco Puzzolo
12. Foresta Oscura
13. Valle Misteriosa
14. Picco Brividoso
15. Passo della Linea d'Ombra
16. Rocca Taccagna
17. Parco Nazionale per la Difesa della Natura
18. Las Topayas Marinas
19. Foresta dei Fossili
20. Lago Lago
21. Lago Lagolago
22. Lago Lagolagolago
23. Rocca Robiola
24. Castello Zanzamiao
25. Valle Sequoie Giganti
26. Fonte Fontina
27. Paludi solforose
28. Geyser
29. Valle dei Ratti
30. Valle Panteganosa
31. Palude delle Zanzare
32. Rocca Stracchina
33. Deserto del Tophara
34. Oasi del Cammello Sputacchioso
35. Picco Cocuzzolo
36. Giungla Nera
37. Rio Mosquito

Cari amici roditori,
arrivederci al prossimo libro.
Un altro libro coi baffi, parola di Stilton...

Geronimo Stilton

Scopri le avventure di Geronimo Stilton su iPad e iPhone!

DIVERTIMENTO, NOVITÀ E TANTI GIOCHI!

www.geronimostilton.com

Questo libro non è vendibile se sprovvisto del presente tagliando
PROVA D'ACQUISTO
GERONIMO STILTON
STORIE DA RIDERE
N° 56